n.° 36.

13 Cog

L²⁷n
1024

BIBLIOTHÈQUE

CHRÉTIENNE ET MORALE,

APPROUVÉE

PAR MONSEIGNEUR L'ÉVÊQUE DE LIMOGES.

Tout exemplaire qui ne sera pas revêtu de notre griffe sera réputé contrefait et poursuivi conformément aux lois.

VICTOIRE

ou

SOUFFRANCE ET RÉSIGNATION

Limoges

BARBOU FRÈRES, ÉDITEURS.

VICTOIRE

OU

SOUFFRANCE ET RÉSIGNATION.

LIMOGES.

IMPRIMERIE DE BARBOU FRÈRES.

—

1851.

VICTOIRE

OU

SOUFFRANCE ET RÉSIGNATION.

————◆————

ANNE-JEANNE VICTOIRE, fille de M. Joseph de la Fosse-Moisson, marchand, et de dame Massienne, son épouse, naquit à Caen le 14 mai 1755, et fut baptisée à la paroisse de Saint-Pierre.

Si nous jetons un coup-d'œil sur son berceau, nous y recueillons des sujets d'édification et le présage de ses vertus. Tout fut pour Dieu dans cette belle vie; le monde et le péché ne lui en dérobèrent aucun instant. Elle avait au plus trois ans, que déjà son bon naturel, l'empressement à apprendre les premiers éléments de la religion, le désir d'entendre les instructions du catéchisme, sa modestie, son silence à l'Eglise, l'attention de s'y placer auprès des pauvres, annoncèrent ce qu'elle deviendrait avec une éducation chrétienne.

A cinq ans, elle voulut choisir la sainte Vierge pour sa mère, et s'engager dans la société qui lui est consacrée. Ses paroles et ses réflexions prouvèrent qu'elle sentait le prix de sa démarche; elle ne tarda pas à en recueillir les fruits dans la protection signalée de Marie. Un jour qu'elle jouait avec une de ses sœurs sur le bord de la rivière d'Orne, elle tomba dans l'eau, et fut sauvée à l'instant où elle allait être ensevelie dans un monceau de vase.

Un an après, le vicaire de la paroisse de Saint-Pierre découvrant en elle, avec la maturité de la raison, une piété sensible, voulut qu'elle se préparât à sa première communion. Alors elle imagina mille privations, mille sacrifices, pour se rendre plus digne de cette grande action; elle méprisa la parure et tout ce qui lui paraissait tenir aux vanités du monde. Enfin elle reçut pour la première fois Jésus-Christ; quoiqu'elle n'eût pas encore dix ans, sa vertu parut alors une vertu à toute épreuve.

Depuis ce mémorable instant, qui ne sortit jamais de sa mémoire, elle fit de

1..

rapides progrès dans les voies du salut; ne louons point trop les dons de la nature : figure intéressante, vivacité de l'esprit, beauté de l'imagination, aménité du caractère; qu'eussent été ces avantages, si un maintien modeste, une parfaite discrétion dans ses paroles, une belle simplicité dans ses mœurs, n'en avait rehaussé le mérite? Cette jeune vierge prouve dans sa personne que la vraie dévotion n'est point incompatible avec l'esprit; malgré son horreur pour le monde et son extrême austérité pour elle-même, sa vertu se montra infiniment aimable. Se présentait-il quelque ouvrage manuel fastidieux ou pénible, pour lequel ses sœurs eussent de la répugnance : « Qu'on le donne, disaient-elles, à notre petite sainte; elle ne sait se refuser à rien. » Point de volonté propre;

elle ne s'attachait qu'à pratiquer celle des autres, et sans le plus léger murmure.

Cette conduite avait pour principe un esprit de charité, qu'à l'exemple de plusieurs saints, elle manifesta dès sa plus tendre enfance, ne laissant échapper aucune occasion de l'exercer. Instruire et nourrir des orphelins, porter dans les faubourgs des pains dont le poids l'accablait, les distribuer avec une joie inexprimable aux plus indigents, spécialement à des mères dont elle saisissait par là le moyen d'instruire la famille naissante ; arracher publiquement dans la rue de Notre-Dame de Caen une jeune fille des mains de plusieurs libertins, lui procurer un asile avec les secours nécessaires à l'âme et au corps ; tels furent les premiers essais de son ardente charité.

Pour appartenir toute à Dieu, elle employa des moyens toujours sûrs, la prière, la fréquentation des sacrements, la vigilance sur elle-même, le sentiment continuel de la présence du divin Maître, une vive affection pour le Saint-Sacrement.

Elle ne conserva point sans combat son innocence. C'est par la violence que le Ciel s'acquiert; les plus rudes assauts de la part d'un monde, qui trouvait de quoi s'honorer d'une pareille conquête; les attaques cruelles de l'ennemi du salut ne surmontèrent pas, mais alarmèrent sa constance. Quelquefois il lui semblait être ébranlée; alors elle accourait aux pieds de Jésus-Christ, le conjurait d'avoir pitié de sa faiblesse et de soutenir sa fidélité. Le Dieu bon n'est point sourd à des vœux dictés par un cœur pur. Aussi, comme le disait Vic-

toire, les filles chrétiennes qui rejètent
le crime d'une chute sur le danger ou
sur l'occasion, ne sont point sincères;
leur honte est leur ouvrage,

Envisageant le monde comme un séjour pernicieux, et n'écoutant que son
courage, elle commença son noviciat
chez les dames de la Charité, à Caen,
à la quatorzième année de son âge. On
vit en elle, comme le déposèrent les
vierges de ce monastère, un modèle
parfait des vertus religieuses : humilité
héroïque, zèle ardent à se mortifier,
obéissance aussi prompte que parfaite.
Dieu l'en récompensa par cette habitu-
de de la présence de Dieu où elle vécut
depuis. C'était pour elle un martyre de
s'en distraire.

Dans un moment de ferveur où l'âme
ne consulte que son amour, Victoire de-
mandait à Dieu de l'éprouver pour la

rendre plus digne de lui. Vous serez exaucée, lui répondit son confesseur, et peut-être plus que vous ne le désirez; prenez-y garde. La prédiction se réalisa : dans sa retraite elle fut conduite par la voie la plus dure : poursuivie de peines intérieures, en proie aux plus vives amertumes, déterminée par un attrait sensible à la vie religieuse, elle se voit attaquée d'un mal qui lui interdit la lecture et la récitation de son office; le Ciel ainsi se déclare, et l'arrache, après une épreuve de plus de deux ans, à un état qui faisait ses délices.

Rendue à la société, elle n'eut plus que des jours de langueur et de souffrances, elle s'interdit le plus léger murmure, et ne se permit d'épancher sa douleur que dans le sein de Dieu. L'écrit où elle exprime à cet égard ses regrets et ses sentiments, mériterait bien d'être transcrit en entier; citons-en du moins les traits les plus touchants. On y voit d'abord les motifs qui lui rendent le siècle, avec toute sa dépravation, si justement odieux; sa soumission aux volontés divines, son amour pour le Seigneur, et le désir de lui gagner les cœurs de tous les hommes.

« Vous avez donc voulu, ô mon Dieu! que je vécusse au milieu de l'iniquité du siècle; que votre saint nom soit béni! et encore plus des croix dont vous semblez m'accabler pour me détacher de plus en plus de ce monde, que je croyais avoir quitté pour toujours. Ah! mon aimable Sauveur, si je ne vous y voyais pas tant offensé, et que ma faiblesse ne me fît pas craindre d'augmenter le nombre de ceux qui vous outragent; parmi les dangers dont je vais être environnée, je me consolerais plus volontiers, ne désirant rien tant que de devenir une victime perpétuelle de votre amour et de vos divines volontés : pour arriver à ce degré, je suis prête, avec le secours de la grâce et l'assistance de votre sainte Mère, à tout souffrir.... S'il faut ma vie, je la donnerai, plutôt que de perdre votre amour. Ah! je l'avoue, profondément anéantie à vos pieds et me confondant à la vue de mon extrême misère, vous avez fait des miracles pour obtenir l'entière possession de mon cœur. Existerait il un monstre d'ingratitude tel que moi, si je vous le refusais? Non, mon adorable Sauveur, je ne peux me soustraire à l'enchaînement de vos miséricordes infinies; il est à vous seul et pour toujours. Je n'ai que trop différé à vous donner ce qui est l'ouvrage de votre amour : aussi plus de réserve ni de partage; vous y exercerez un empire absolu, j'en bannis à jamais toutes les créatures; je n'y prétends plus rien moi-même, m'abandonnant et m'immolant totalement à vous......., voulant vous rapporter tout, n'ambitionnant d'autre bien que vous dans l'univers, auquel je désirerais vous faire connaître, afin que vous fussiez aimé et glorifié en tous lieux. »

Elle continue de s'immoler sans réserve, mais avec une candeur, une générosité, un courage dignes des premiers fidèles.

« Disposez de moi et ne m'épargnez pas, ô mon céleste époux ! S'il faut me mettre avec vous contre moi, je le ferai, m'estimant trop heureuse de voir expirer mon amour-propre sous les coups de votre justice... Que ne doit pas souhaiter de souffrir une misérable créature qui a mérité plus d'une fois d'être précipitée dans l'enfer, où jamais elle ne vous eût aimé!... Cette idée me fait frémir d'horreur, et ne me permet pas de redouter tout ce qu'on peut, dans cet exil, éprouver de plus douloureux. O Seigneur! qui voyez ma faiblesse, mes désirs et mon impuissance, et qui daignez me faire connaître vos desseins sur moi, permettez que, m'appuyant entièrement sur vous, j'ose me promettre que s'il faut un courage et une générosité aussi vastes et étendus que le ciel et la terre pour soutenir les peines que vous me destinez, et que j'entrevois et accepte d'avance, vous me les accorderez. »

Quelle tendresse la jeune héroïne fait éclater pour les pécheurs!

« Que ne puis-je apaiser votre juste colère, attirer votre miséricorde sur des âmes dont la perte me touche au point que, pour vous les gagner, je donnerais volontiers jusqu'à la dernière goutte de mon sang ! Ah ! elles sont le prix du vôtre, et je les vois s'exposer à vous haïr et à vous maudire éternellement ! Oh ! que cette idée me cause de peine ! qu'elle me saisit d'effroi ! je dirais presque qu'elle me rend la vie à charge ; car, mon divin Rédempteur, je sais que vous vous faites violence pour punir, et cependant vous ne trouvez, pour ainsi dire, personne qui s'efforce de vous fléchir en faveur de ces âmes infortunées, qui, égarées dans les voies de l'iniquité, vous procureraient tant de gloire et de joie par leur sincère retour. Quel reproche amer je m'adresse à moi-même dans ce moment où vous me faites sentir ce que vous attendiez de moi, après m'avoir accordé plus de grâces qu'il n'en aurait fallu

pour sauver des milliers de coupables!
O le bien-aimé de mon âme ! comment
ai-je payé tant de bienfaits ? Par la plus
noire ingratitude !... Jusqu'ici je n'ai
rien fait pour vous, mais je veux désormais me donner tout entière à votre
service ; j'ose défier le monde et l'enfer,
tout acharnés qu'ils paraissent être à me
perdre, de m'empêcher de vous aimer
et de vous servir autant que je le pour-
rai ; je satisferai pour ces infortunés
pécheurs.

» Eh ! comment vous vengerai-je de
l'insensibilité avec laquelle je vous ai
tant offensé? Ah ! faites-le vous-même,
disposez de mon âme, de mon corps et
de tout mon être. Vous m'avez déjà
exaucée, en affligeant l'un et l'autre ;
mais augmentez mes souffrances; oui,
je désirerais souffrir, s'il est possible,
tout ce que ces âmes auraient souffert,

si elles ne se fussent jamais éloignées de vous, afin que par là je puisse en quelque sorte vous dédommager du refus qu'elles vous font de leurs cœurs. »

C'est au flambeau de la foi qu'elle apprécie la valeur d'une âme couverte du sang d'un Dieu fait homme.

« Non, je ne suis point surprise qu'on abandonne ses biens et ses proches, qu'on quitte sa patrie, qu'on traverse les mers, et qu'on expose sa vie pour procurer le salut des âmes. Ah ! que j'estimerais tous ces sacrifices bien payés par le gain d'une seule âme !... Je suis incapable de faire des actes de vertus aussi héroïques; mais, ô mon Rédempteur ! est-ce que vous n'écouterez pas mes vœux et mes soupirs en faveur de celles en particulier pour lesquelles je vous implore ? Vous-même les formez

en moi; je ne cesserai de vous faire
entendre mes gémissements et de répandre mes larmes en votre divine présence; les verrez-vous couler sans les
tarir? Je mérite, sans doute, et par
mille endroits, cette punition; mais le
motif qui me presse ne vous engagera-
t-il pas à vous rendre à l'importunité de
mes sollicitations? Je l'espère, parce
que j'ai des ressources inépuisables; me
dépouillant de moi-même, je vous con-
jurerai de me revêtir de vos inapprécia-
bles mérites et de ceux de votre très-
sainte Mère, qui elle seule a possédé
plus de dons de la nature, de la grâce
et de la gloire, que tout le ciel et la
terre ensemble. Dans cet état, je me
présenterai à votre adorable Père, et
j'ose présumer que j'en obtiendrai
tout ce que je peux désirer pour
les âmes qui vous sont chères, parce

que, ne voyant que vous en moi, il ne pourra vous rien refuser : il me tarde bien d'être exaucée; mais je sais que vous vous plaisez à exercer notre foi et notre persévérance. Eh! qui suis-je, pour vouloir fixer les moments de votre grâce, moi, dont l'unique devoir est d'en désirer les douces et salutaires impressions dans nos âmes, et d'attendre en paix les effets qu'elle y produit? »

Sa vie, dans ses dernières années, fut mêlée des épreuves les plus amères, des croix les plus pénibles, soit à l'esprit, soit au corps; s'en plaignit-elle jamais, si ce n'est en implorant la miséricorde de son Dieu bien-aimé, et encore avec l'expression du plus grand courage? Qu'on l'écoute dans un de ses écrits, monuments précieux de sa piété.

« Dans quel excès de peines me ré-

duisez-vous, ô mon Dieu! et quels
maux sont venus fondre sur moi! Est-il
un instant dans ma vie qui ne soit marqué du sceau des tribulations les plus
sensibles et les plus cruelles? Hélas!
quoique vous sembliez m'abandonner,
loin de me laisser abattre, je ne cesserai de pleurer les infidélités que j'ai
commises, et qui vous y ont sûrement
forcé. Quoi qu'il en soit, je me garderai
bien de chercher quelque adoucissement
à mes afflictions ; je les chéris trop pour
cela, surtout en pensant qu'elles ont
été ici-bas votre partage, et qu'en mou-
rant vous me les laissez pour héritage,
Je l'accepterai volontiers, et je n'en
veux pas d'autre, aussi vous me voyez
prosternée au pied de votre croix, où il
me semble qu'il ne manque plus rien à
mon bonheur que d'y expirer avec vous
et comme vous, ayant éprouvé, ce me

semble, tout ce qu'on peut subir de plus pénible dans cet exil... Vous seul, ô Jésus crucifié ! serez le dépositaire des chagrins qui me consument, ne voulant d'autre témoin de mes souffrances que vous... Que l'univers m'ignore autant que je prendrai soin de me soustraire à ses regards... Recevez de nouveau l'offrande de tout ce que je suis, et la disposition d'endurer tout ce [qu'il vous plaira dans cette vie, puisque souffrir pour vous est l'unique satisfaction que je désire y goûter. »

Ajouter à ce parfait renoncement une obéissance entière et sans retour, c'est le caractère de la sainteté ; ce fut celui de Victoire. Elle ne voulut connaître d'autre volonté que celle de ses parents, puisque Dieu la rappelait dans le sein de sa famille.

« Près de ma mère, répondait-elle à

2

ceux qui la décidèrent à sortir du cou-
vent, comment pratiquerais-je le rè-
noncement à moi-même et la vertu d'o-
béissance, si l'on favorise mes désirs ?
le moyen donc que je me réserve est
de les laisser ignorer, et de suivre en
tout la volonté et les désirs de l'auteur
de mes jours. »

Elle remplit cet engagement avec la
plus exacte fidélité, se prêtant aux goûts,
aux entretiens, aux actions mêmes les
plus contraires à ses inclinations, et disant à la vue d'une nouvelle contrariété :
« Je suis trop heureuse qu'on me four-
nisse l'occasion de faire à Dieu des sacrifices. Je n'en ai pas fait aujourd'hui,
ajoutait-elle quelquefois : je rends grâce
à telle personne de m'avoir procuré le
moyen de me faire celui-ci. »

C'était surtout au guide de sa con-
science qu'elle manifestait une soumis-

sion angélique; qu'on en juge par ce qu'elle écrivait sur la douce obligation que son confesseur lui avait imposée de communier tous les jours.

« Comment, ô mon Dieu et mon tout, ai-je pu quitter aujourd'hui le pied de vos autels ? Que n'avez-vous plutôt permis que j'y expirasse de douleur, d'amour et de reconnaissance, comme je le désirais, à la vue des prodiges de miséricorde que vous daignez opérer en moi, la plus infidèle et la plus indigne de toutes les créatures ? Quoi ! mon adorable Sauveur, oserais-je bien exécuter ce que m'a commandé celui qui tient ici-bas votre place ?... Je l'espère cependant, et, malgré mon extrême indignité, vous ne m'en trouverez pas plus coupable ; je lui obéirai comme à vous-même, et, puisqu'il me l'ordonne, je me disposerai à vous re-

cevoir tous les jours. Mais qui m'y pré-
parera dignement, sinon vous, ô mon
Dieu! et votre très-sainte Mère, à qui
je ne cesserai d'avoir recours, pour
qu'elle daigne orner de ses vertus une
âme qui doit être si souvent votre sanc-
tuaire et votre temple? Quelle auguste
union que celle à laquelle vous daignez
m'appeler! ah! je vous en conjure,
faites que j'y parvienne... N'épargnez
pas une victime dont vous êtes le seul
maître; vous savez que je ne suis plus
à moi; brisez donc les liens qui pour-
raient captiver un cœur qui ne doit
plus respirer que pour vous, détruisez
en moi tout ce qui n'est pas vous, rien
d'humain n'y pouvant plus subsister...
O mon Dieu! quoi... vous voulez être
ma force, mon appui, mon soutien;
dénuée de toute espèce de consolation,
vous me mettez à portée de n'en désirer

aucune ! Eh ! me serait-il permis à l'a-
venir d'en chercher hors de vous sans
crime ? Oh ! non, sans doute; car,
tout puissant et tout miséricordieux que
vous êtes, vous ne pouviez me favoriser
davantage. Que vous ai-je donc fait,
mon divin Rédempteur, qui ait pu vous
engager à épuiser ainsi envers moi votre bonté infinie ? moi qui, après tant
de grâces auxquelles j'ai si mal répondu,
dois me placer au-dessous des plus
grands pécheurs. Ah ! je le reconnais...
rien autre chose, non, rien n'a pu vous
y déterminer que votre amour et votre
miséricorde. »

Elle n'enviait d'autre bonheur que celui
d'être à Dieu ; et ce sentiment, la déta-
chant de tout objet créé, ne lui laissait
que du mépris pour les richesses de la
terre ; aussi pratiqua-t-elle une pauvreté

2.

héroïque, en retranchant tout ce qu'elle pouvait légitimement se refuser.

Victoire cherchait par tous ces moyens, la perfection : peut-on douter qu'elle ne l'ait obtenue, lorsque plusieurs traits de sa vie, des réconciliations frappantes et inattendues, des œuvres aussi rares que difficiles, des lumières extraordinaires, le don de convertir les cœurs endurcis, celui de parler de Dieu avec un sentiment que rien ne peut rendre, tout annonçait dans cette jeune vierge une âme prévenue des plus rares faveurs ?

Ces grâces n'édifièrent pas seulement les simples fidèles ; elles étonnèrent les ministres du Seigneur, qui se disaient, en la contemplant à l'église, qu'ils croyaient voir un ange. Un d'entre eux eut quelques occasions de l'entretenir, et, lorsqu'il abandonna le séjour de

Caen, il reçut d'elle plusieurs lettres qui étaient la vive expression de toutes les vertus. Offrons-en quelques traits les plus propres à la caractériser.

« Je prie sans cesse notre Seigneur de vous tenir sous sa sainte garde, de vous animer de son divin Esprit, et de vous donner pour lui et pour sa sainte croix un amour insatiable. Ah ! Monsieur, ne désirons rien tant que d'être des images vivantes de Jésus crucifié. Hé ! que nous serions heureux, si, au prix de toutes les souffrances de cette vie, nous pouvions acquérir quelques traits de ressemblance avec lui ! »

« Le souvenir du jeune Américain converti à sa mort me fait souvent lever les yeux au Ciel et frapper ma poitrine. Hélas ! il y a long-temps que Dieu m'appelle à son aimable service, et je reconnais n'avoir rien fait jusqu'ici pour lui. Je vous supplie humblement que le reste de mes jours soit employé à pleurer mon ingratitude... Je vous dirai confidemment que je brûle du désir d'être unie à mon Dieu, et que souvent, dans l'ardeur de mes vœux, je dis à ce corps fragile et périssable: Que ne m'est-il permis de briser tes liens! je t'endure parce que mon Dieu le veut, et je n'ai soin de toi que parce que tu lui appartiens. »

Depuis environ huit ans sa vie n'était que souffrance continuelle, et depuis six mois sa croix était devenue mille fois plus dure et plus pesante. Une grosseur considérable au côté lui causait de cuisantes douleurs; elles étaient endurées avec une parfaite résignation.

« Il est vrai que je souffre, disait-elle à ceux qui la plaignaient; mais qu'un moment de l'éternité me dédommagera bien ; eh ! que penser donc de l'éternité tout entière ? » Saisies d'admiration ; en voyant le courage, la sérénité, la joie que montrait cette vierge généreuse, les personnes qui l'approchaient retiraient d'un tel spectacle les fruits les plus précieux. Nous citerons entre autres une femme du grand monde, éprise de ses vanités, qui contempla Victoire mourante, écouta ses discours pleins de Dieu, les goûta d'abord, y trouva bientôt l'agrément le plus vrai, et finit par en être si touchée, qu'elle forma le dessein de changer de conduite. L'édification qu'elle donna depuis prouva la solidité de sa résolution. Dans un autre genre, un supérieur ecclésiastique, ayant eu avec la vertueuse malade un entretien, en emporta un sentiment si vif d'admiration et de respect pour ses vertus, que depuis il n'a cessé de la citer pour modèle.

Ne nous étonnons point de ces effets de son zèle ; tout dans Victoire prêchait éloquemment la religion. Elle aimait à revenir souvent sur le mérite des souffrances. « Non, non, je ne comprends pas comment un chrétien peut s'affliger, ou plutôt ne pas se réjouir dans les souffrances. »

Chacun de ses jours était marqué par l'accroissement de ses maux, qui parurent nécessiter une opération extrêmement douloureuse et pleine de dangers. Elle consentit à tout, fit mille fois à Dieu le sacrifice de sa vie, et se traîna le 25 mars 1787, à l'église, pour l'y renouveler dans le sacrement de l'Eucharistie ; mais là, subitement frappée comme d'un coup mortel pendant le saint sacrifice de la Messe, elle crut être au moment d'entrer dans son éternelle patrie. Cette crise était occasionée par le dépôt formé au côté, et que les seuls efforts de la nature firent crever. Depuis ce moment, son état, plus dangereux que jamais la montra toujours la même. Une mère tendre, désespérant de conserver une fille si chère, contraria moins son courage qui la portait à communier tous les jours, et à se livrer avec autant de zèle que dans sa santé, aux divers embarras de la maison.

Poussa-t-elle l'amour des souffrances jusqu'à dissimuler les siennes? Victoire était trop franche : « Je souffre beaucoup, répondait-elle ingénument quand on l'interrogeait; mais ce que je souffre ne vaut pas l'enfer que j'ai tant de fois mérité. » Une autre fois elle disait avec la joie la plus sensible : « Dieu me fait la grâce que mes douleurs soient aiguës; elles vont en augmentant; non, je ne donnerais pas mon état pour celui des plus heureux du siècle. »

Revenant d'un évanouissement causé par la vivacité de ses maux : « Ah ! Seigneur, s'écria-t-elle, ne vous lassez point de me faire souffrir pour me purifier ; si ce n'est pas assez, encore plus ! »

Qu'on la plaignît d'une continuelle et cruelle insomnie : « Je me trouve fort heureuse, répondait-elle, que Dieu me prive du sommeil, parce que, donnant le jour au prochain, n'est-il pas juste que je consacre la nuit au Seigneur ? »

En effet, tous ses jours, quelque douloureux qu'ils aient été, surtout les derniers, furent consacrés aux exercices de la charité, à des élans d'amour pour Jésus-Christ, à des traits édifiants, rapportés avec art et faits pour émouvoir, pour toucher les plus grands pécheurs ;

à des lettres à ses anciens amis pour plaider la cause d'un malheureux, pour mettre de jeunes filles à l'abri du danger de perdre leur honneur, pour en arracher d'autres au crime.

Cette belle fin, à la suite d'une vie si pure, accompagnée de circonstances si extraordinaires, de grâces si rares, qu'il est permis de les considérer comme surnaturelles, ne peut qu'intéresser les fidèles. Un saint religieux de Caen en fut si pénétré, qu'il la sollicita de laisser après elle des mémoires sur sa vie. Alarmée de cette proposition, vivement affligée de ses instances : « J'ignore, répondit-elle à l'homme de Dieu, ce que vous désirez de moi ; je ne connais que mes péchés, je ne pourrais qu'en faire le récit, et je n'ai pas envie de mal édifier le public. »

Expirante, elle tenait encore à la terre

par un devoir que son cœur lui dictait; une personne lui devait tout après Dieu. L'ayant élevée depuis son enfance, elle tremblait que cette jeune plante, échappée de ses mains, privée de ses soins maternels, ne dépérît et ne vînt à produire des fruits de mort. Elle voulut donc lui laisser un gage toujours vivant de sa tendresse, dans un recueil d'avis salutaires, qu'elle intitula son Testament, et qui l'occupait encore quatre jours avant sa mort; il est si plein d'onction et décèle si parfaitement ses sentiments les plus secrets, que nous ne pouvons nous refuser à en citer quelques morceaux.

« Ma très-chère enfant en notre Seigneur, écoutez celle qui vous parle, prête à descendre dans le tombeau; qui vous écrit, anéantie aux pieds de notre divin Sauveur et de sa très-sainte Mère, pour l'amour desquels j'ai pris soin de votre enfance, pressée du désir de vous voir heureuse.... Vous le savez, tout ce qui vous touchait m'intéressait vivement. Dieu seul sait les sacrifices qu'il a exigés de moi, et qu'il m'a donné la force de lui faire pour vous; souvent même je lui ai offert celui de ma propre vie pour obtenir le salut de votre âme. Ah! ne la perdez donc pas, je vous en conjure avec larmes, en vous laissant séduire par les faux attraits d'un monde corrompu, au sein duquel je suis obligée de vous abandonner dans un âge bien susceptible de ses funestes impressions; abhorrez ses maximes et ses pernicieux usages; il vous promettra une félicité que jamais nul de ses partisans n'a goûtée. Cherchez-la en Dieu, qui vous l'accordera infailliblement si vous lui êtes fidèle; mais quoi! ne le lui devez-vous pas à tant d'égards ? Oubliez-moi, oubliez ce que j'ai fait pour vous ; je le mérite, j'y consens volontiers ; mais que le souvenir de ce que j'ai à vous dire et votre reconnaissance subsistent éternellement; perdez plutòt la vie que la mémoire des bienfaits du Seigneur. L'idée seule de vous voir ingrate envers lui aurait été capable de me faire mourir de douleur... J'avais prié sa sainte Mère de vous regarder comme son enfant, vous offrant et vous consacrant à elle, lorsque je vous tenais dans mes bras ; avouant que j'étais incapable de me charger de votre éducation, qui devait être sainte, puisque j'allais vous former pour le Ciel.... Ah! mon enfant.... vous devez tout à son intercession ; si vous ne remplissez pas les desseins du Dieu de miséricorde en vous sanctifiant, vous devez craindre de sa part les châtiments les plus terribles. Comment vous rappeler ses bontés sans reconnaître qu'il vous aime, et que vous devez l'aimer de tout votre cœur?.... Observez sa loi sainte, mettez en pratique son saint Evangile ; imitez Jésus-Christ, le modèle des Elus. »

Elle l'éclaire ensuite sur les vices qu'elle doit éviter, sur les vertus qu'elle doit chérir et pratiquer, sur l'obligation de fréquenter les sacrements, sur ses sociétés, ses goûts, ses penchants, les plaisirs qu'elle peut se permettre, ou qu'elle doit s'interdire.

« Fuyez, fuyez les mauvaises compagnies, jamais de bals ni de spectacles ; vous me l'avez promis : ensevelie dans les ombres de la mort, je vous somme du fond de mon tombeau de me tenir parole ; je quitte avec plaisir cette terre étrangère, dans l'espoir que vous suivrez mes avis; je vous prie de me regarder en esprit à vos pieds, vous demandant cette grâce avant mon dernier soupir...

» Elevez, ma très-chère enfant, vos pensées vers le Ciel, c'est là notre patrie; ici-bas rien n'est permanent, attachez-vous à Dieu, qui est éternel, et, dès lors qu'il vous reste, ne devez-vous pas être contente? Une douleur excessive, des regrets sans bornes, lui déplairaient beaucoup et ne serviraient de rien... Vous perdez peu de choses, il saura vous en dédommager..... Mettez en lui votre confiance, et ne vous laissez point abattre; priez-le qu'il me fasse miséricorde, qu'il daigne me réunir à lui, comme à l'unique bien après lequel mon âme soupire ardemment. Ah! si j'ai le bonheur de le posséder, il me semble que rien ne manquera à votre

félicité, tant je le prierai pour vous.
Adieu, ma très-chère enfant, adieu
jusqu'à notre réunion dans l'éternité
bienheureuse, où j'espère que nous
chanterons ensemble les grandeurs infinies, les miséricordes ineffables de
notre Dieu, et les louanges de la plus
aimable des mères, l'auguste et admirable Marie, reine des anges et des
hommes. »

Plus Victoire approchait de sa fin,
plus elle s'attachait à prendre pour modèle saint Jean-de-la-Croix. Elle avait
puisé dans ses œuvres le plan de sa vie
intérieure, et goûtait toujours à les lire
un nouveau charme : elle faisait encore
cette lecture trois jours avant sa mort.
Il semble que Jésus-Christ, après l'avoir
rendu sa fidèle imitatrice, voulut aussi
qu'elle partageât son abandon sur la
croix. Dans ses derniers moments, elle

fut privée des conseils du guide éclairé
qui avait sa confiance, et, le 22 novembre 1787, elle fit à un autre ministre
du Seigneur une confession générale;
jusque-là on avait été assez tranquille
sur son état. Le jour suivant, elle fut
beaucoup plus faible; dans la nuit,
vers deux heures, elle poussa deux fois
un cri qui parut être celui de la surprise,
et ses yeux demeurèrent fixés comme
sur un objet qui la ravissait; elle joignit
les mains, pria avec une ferveur sensible, et sa garde, sans oser lui parler,
crut que la malade voyait quelque chose
d'extraordinaire. Comme elle perdit peu
de temps après la parole, sa garde lui
dit qu'elle pensait sans doute à Dieu;
Victoire lui répondit par un sourire,
l'expression de son admiration; et, après
trois quarts d'heure d'agonie, les yeux
élevés au ciel, et qui conservèrent après

sa mort la même situation, elle s'endormit dans le Seigneur, à trois heures du matin, le 24 novembre 1787, fête de saint Jean-de-la-Croix, âgée de trente-deux ans.

Le suffrage de tout un peuple sur la vertu d'une vierge chrétienne, sans prétention, sans éclat, n'ayant que son humble piété pour ornement, semble le suffrage de Dieu même; tel fut le tribut que la ville de Caen paya à la mémoire de mademoiselle de La Fosse. A peine sa mort fut-elle annoncée, que plusieurs milliers de personnes accoururent rendre hommage à sa piété. On ne se lassait point de la voir, on l'invoquait hautement, on faisait toucher à son corps des chapelets, des images; on lui baisait les pieds, on voulait emporter de ses habits, on lui prodiguait toutes les marques de la vénération publique. On fut contraint de placer près du cercueil quatre sentinelles, qui ne la quittèrent point jusqu'à l'endroit de la sépulture : elle fut faite le 26 novembre. Son corps, porté d'abord à la paroisse de Saint-Pierre, et déposé ensuite au monastère de la Visitation, où elle avait demandé à être inhumé, fut accompagné et suivi dans la marche d'un cortége immense de personnes de tout rang, et le peuple, se pressant en foule dans les rues par lesquelles elle allait passer, s'écriait d'une voix unanime : Voici la sainte. Attendu par cette multitude dans l'église du monastère, à peine y put-il entrer, malgré les efforts de la police. Les religieuses reçurent avec une joie pleine de respect ces restes précieux. Ses obsèques furent célébrées comme celles d'une épouse de Jésus-Christ; mais les regrets solennels et universellement partagés se retracèrent de nouveau bien vivement, dans le désir de revoir encore la pieuse vierge avant qu'elle descendît dans la tombe, et pour la quatrième fois on rouvrit le cercueil.

—

GROUPE

DES PLUS JEUNES CHRÉTIENNES

IMMOLÉES POUR LA FOI, ET PRÉSENTÉES PAR

L'ÉGLISE A LA VÉNÉRATION CHRÉTIENNE.

———————

Mes jeunes amies, ma tâche, cette douce obligation que mon cœur m'a tracée, de mettre tout en œuvre pour vous inspirer l'amour et la pratique des vertus; cette tâche serait-elle terminée? Eh! comment appelé-je ici la délicieuse jouissance que m'a procurée mon amour pour vos âmes? Travaille-t-on, sue-t-on, fatigue-t-on alors que l'on aime? Non, répondait saint Augustin, la peine est trop légère pour être aperçue; ou, si nous en avons le sentiment, cette peine est si aimable, que pour tout au monde on ne voudrait en être dégagé. Voilà ce que j'éprouve en m'occupant des moyens d'assurer votre bonheur commun. Non, je n'en ai point fait assez; il me reste à vous présenter les plus grands, les plus éclatants triomphes de la grâce, et dans le sexe le plus faible, et dans l'âge le plus fragile. Je n'osais d'abord vous ouvrir ces arènes sanglantes et remplies des affreux instruments de la mort, où la jeunesse, la beauté, les grâces aux prises avec d'impitoyables bourreaux, ont développé des forces et un courage si fort au-des-

sus de la nature ! Jusqu'ici vous avez vu
des efforts bien généreux sans doute;
mais néanmoins plus accommodés à notre frêle existence : vous avez avec moi
reconnu, estimé, admiré de pénibles sacrifices commencés au berceau de la vie,
et continués avec le même zèle et la
même ardeur, jusqu'à son dernier instant : c'est que par là je voulais vous
préparer à de plus magnifiques spectacles. Je voulais vous disposer à contem-
pler avec fruit tout ce que le christianisme opéra de plus héroïque dans ses
intrépides disciples. Il est temps que je
vous rende les témoins de cette immolation dont est capable, avec le secours
de la grâce, le jeune homme, la jeune
personne auxquels elle a parlé d'une
manière triomphante : rendant les ar-
mes au Dieu tout-puissant, et cédant à
ses attraits ineffables, ils se sont pour

jamais soumis à son aimable empire.
Les annales de l'Eglise, notre mère, à
la main, je ne ferai que raconter; j'é-
carterai toute réflexion qui pourrait
distraire d'un récit trop intéressant par
soi-même. Vierges chrétiennes, l'élo-
quence des faits suffira pour vous instruire, pour vous toucher et pour élever
vos âmes; ces faits tout seuls en diront
assez, et je n'ai d'autres soins à prendre
que de suivre l'ordre chronologique,
dans cette galerie de tableaux qui pré-
sentent les beaux jours, les jours purs
et sans tache, le véritable âge d'or du
christianisme.

AN 203.

SAINTE PERPETUE.

Perpétue n'a pas à remporter la glorieuse palme de la virginité ; mais en
s'offrant sur la scène comme fille, épouse
et mère, elle jette un plus grand éclat
sur son triomphe, acheté par de plus
grands combats. Originaire de la ville
de Suburbe, en Afrique, et d'un rang
distingué, elle se maria fort jeune avec
un homme d'une naissance proportion-
née à la sienne. Assez heureuse pour
avoir appris la doctrine du christianisme,
encore catéchumène, elle fait briller
dans sa personne une foi égale à celle
des fidèles les plus parfaits. A peine
comptait-elle sa vingt-deuxième année,

quand la persécution de l'empereur Sé-
vère éclata dans tout l'empire contre les
chrétiens : ces valeureux athlètes rem-
plissaient les prisons. Instruit que Perpétue était chrétienne, le préfet la fait
enfermer avec plusieurs autres dans un
sombre cachot, d'où, appelé devant son
tribunal, ils sont sommés d'adorer les
dieux. Perpétue répond sans balancer
que Jésus-Christ seul est digne de ses
adorations, et qu'elle ne les prostituera
point à des divinités impuissantes. Aussitôt on décharge une multitude de
coups sur son visage innocent, et on la
renvoie dans la prison. Là, quel assaut
terrible à la nature et au cœur le plus
sensible! Le père et l'époux de la fervente chrétienne viennent la conjurer, en
lui montrant son enfant âgé de trois
mois, d'avoir pitié d'eux; et le modèle
des filles, des épouses et des mères de-

meure inébranlable et comme insensible à la voix du sang et de toutes observations. Le vieillard qui lui donna le jour revient à la charge ; malgré ses cheveux blancs et sa qualité vénérable, il se jette, en fondant en larmes, à ses genoux, et cette âme tendre et magnanime a l'affreuse douleur de voir maltraiter sous ses yeux celui dont elle voudrait conserver les jours aux dépens des siens ; mais l'heure du triomphe a sonné : candamnée à être exposée aux bêtes, la jeune martyre, la créature céleste est conduite dans le champ de la victoire, de la manière la plus cruelle pour son inaltérable pudeur ; cependant, à la prière du peuple, on lui donna des vêtements, une vache furieuse la jette en l'air, et Perpétue ne songe qu'à recueillir ses habits, pour ne blesser en rien la modestie ; cruellement tourmentée par la fureur des bêtes féroces, elle reçoit le coup mortel de la main des gladiateurs. Trois amours légitimes, mais subordonnés, mais sacrifiés même à un amour plus important et plus indispensable, celui de la sainte loi du Seigneur, l'amour filial, l'amour conjugal et l'amour maternel, ont tressé l'immortelle couronne, et l'ont placée pour jamais sur la tête de l'illustre Perpétue.

AN 203.

SAINTE FELICITÉ.

Jeune esclave de Perpétue, Félicité partage la confession, les combats, le courage et le martyre de sa glorieuse maîtresse. Le geôlier du cachot où sont renfermées les victimes, entend Félicité crier dans les douleurs de l'enfantement : le cruel la raille et lui dit : « Que feras-tu demain, quand tu souffriras bien d'autres tourments ? — C'est moi-même, répond paisiblement la vaillante athlète, qui souffre en ce moment; mais demain ce sera Jésus-Christ qui souffrira en moi. » Au jour de son triomphe, exposée aux mêmes ignominies que sa maîtresse , lorsque le peuple lui fait donner des vêtements , tourmentée cruellement par les bêtes acharnées sur sa chair innocente , elle est mise à mort par les gladiateurs. Félicité n'est plus la servante , elle sera l'honorable compagne de Perpétue : placée l'une à côté de l'autre dans le canon de la messe, toutes les deux reçoivent également nos hommages.

VERS L'AN 250.

SAINTE DENYSE.

Sous l'empire de Dèce, cruel persécuteur des chrétiens, près de Lamsaque,
ville de l'Hellespont, Nicomaque, in-
terrogé sur sa foi, avait répondu au
proconsul avec une noble fermeté ;
cruellement tourmenté par ordre du
tyran, il souffre d'abord avec héroïsme,
et cède ensuite à la rigueur des tortures ;
il s'écrie : « Je sacrifie aux dieux. » On
le fait aussitôt délier ; mais au moment
qu'il offre un encens sacrilége, saisi
tout-à-coup du démon, il se bat contre
terre, se coupe la langue avec ses dents,
et expire. Alors, dans la foule des spectateurs, Denyse, jeune fille âgée de

seize ans, dit à haute voix : « Misérable ! pourquoi t'es-tu attiré une peine
éternelle, pour un moment de relâche?»
A ces paroles, le proconsul la fait approcher et lui demande si elle est chrétienne. — Oui, répondit-elle avec courage, c'est ce qui fait que je plains ce
malheureux de n'avoir pas encore
souffert un peu, pour arriver au repos
éternel. — Il a trouvé le repos, lui
répond le tyran, lorsqu'il a satisfait aux
dieux et aux princes, en sacrifiant.
Sacrifiez comme lui, de peur qu'après
vous avoir fait traiter honteusement,
j'ordonne que vous soyez brûlée vive.
— Mon Dieu, réplique Denyse, est plus
grand que vous; il peut me donner la
force de résister à tout ce qu'il vous
plaira de me faire souffrir, ainsi je ne
crains point vos menaces. » Le monstre
abandonne la chaste chrétienne à la

brutalité de deux débauchés ; Dieu l
délivre de leur poursuite ; ils voient un
jeune homme éclatant, qui remplit de
lumière l'endroit où ils étaient ; aussitôt,
dans leur frayeur , ils se jettent aux
pieds de la sainte ; elle les relève et leur
dit : « Ne craignez point , c'est mon
gardien et mon défenseur. » Ils la prient
d'intercéder pour eux , de peur qu'il ne
leur arrive quelque mal. Le lendemain
matin , Denyse entend les cris d'un
peuple en fureur, qui traîne hors de la
ville deux chrétiens pour les immoler à
sa rage ; aussitôt elle échappe à ses gar-
des, accourt au lieu où sont les martyrs, et s'écrie : « Afin de vivre avec
vous dans le ciel, je veux mourir avec
vous sur la terre. » On en avertit le
proconsul , qui apprend , en même
temps , comment Dieu a conservé cette
jeune vierge, Les miracles extérieurs

changent bien rarement le cœur ; peu
touché de cette merveille, le persécuteur
des fidèles répond froidement : « Qu'on
la mène dans un lieu séparé pour être
décolée ; la tête du juste tombe sous
le couteau sacrilége, et le chœur des
vierges couronnées au ciel en compte
une de plus ! Grand Dieu ! qui s'arme
ici pour la gloire de ton nom ? qui s'offre
le vainqueur des tourments de la mort ?
Une héroïne qui commence à peine son
quatrième lustre !

—

AN 303.

SAINTE LÉOCADIE.

Originaire de Tolède, issue d'une des
familles les plus distinguées de l'Espa-

gne, Léocadie surpassa, par sa beauté et par ses qualités éminentes, l'éclat de sa naissance; ses parents n'avaient rien négligé pour lui procurer une bonne éducation, et elle avait si parfaitement répondu à tous leurs soins, qu'elle était généralement reconnue pour un prodige de perfection; combien ces avantages se retrouvèrent rehaussés par une modestie charmante répandue dans ses moindres actions! Dans le sein de la vie domestique, les délices de ceux qui l'entouraient, la jeune vierge remplissait tous les devoirs d'une épouse de Jésus-Christ, lorsque Dacien, gouverneur d'Espagne, reçut de l'empereur Dioclétien l'ordre barbare d'exterminer le christianisme dans tous les lieux de sa dépendance. Le digne substitut du prince sanguinaire n'épargna rien pour intimider les nombreux disciples de l'Evan-

gile. Léocadie se montrant une des plus
ferventes chrétiennes, plus célèbre encore par sa piété que par ses attraits et
par sa noblesse, reçut d'abord l'ordre de
comparaître au tribunal. Dacien, frappé
de la beauté éblouissante, ainsi que des
grâces de sa victime, lui prodigua toutes les marques de la plus haute considération; le perfide la comble d'éloges
sur ses charmes, ses talents, sa naissance; lui proteste qu'elle est digne de
l'empire, et lui assure qu'il se flatte de
l'y faire monter, pourvu qu'elle adore
les dieux de son maître. La noble Espagnole l'écoute les yeux baissés, et lui
répond avec respect qu'elle est la servante de Jésus-Christ, qu'elle lui a consacré son cœur, que la gloire de lui
appartenir lui est plus précieuse que
toutes les couronnes de la terre. Cette
réponse change en rage les égards si-

mulés du persécuteur des fidèles; il la traite de vile esclave, ordonne qu'on la déchire de coups, et le sang coule bientôt de toutes les parties de sa chair innocente. La courageuse athlète est ensuite jetée dans les fers, et réservée au plus cruel supplice; mais le Seigneur voulait récompenser son courage et sa foi : de sa prison elle apprend le glorieux martyre des amis du Seigneur; elle soupire d'aller avec eux chanter à jamais le délicieux cantique des convives de l'Agneau : ses désirs sont couronnés, elle expire de ses blessures le 9 décembre 308. Tolède conservera sa mémoire comme un trésor, et ne cessera de la bénir.

VERS L'AN **303.**

SAINTE FOI.

Parmi les chrétiens qui triomphèrent des promesses, des menaces et des cruautés de Dacien, préfet des Gaules sous l'empire de Dioclétien et de Maximien, nul ne fut plus illustre qu'une très-jeune vierge d'Agen en Aquitaine. Sainte Foi, d'une beauté parfaite, se montrait insensible à tous les attraits du monde. Au moment qu'on la traduisit devant le préfet, elle fit le signe de la croix sur toute sa personne, en prononçant ces mots : « Seigneur Jésus, qui êtes toujours prêt à assister vos serviteurs, fortifiez-moi dans cette heure, rendez-moi capable de répondre d'une

4.

manière qui soit digne de vous. » Ici
commence un dialogue entre le tyran
et la sainte épouse de Jésus-Christ : le
premier s'énonce d'abord avec une ap-
parente douceur ; qu'on apprécie les
réponses de l'autre. « Comment vous
nommez-vous ? — Je m'appelle Foi, et
je m'efforce de soutenir la réalité de ce
que ce nom signifie. — Quelle est votre
religion ? — Dès mon enfance j'ai adoré
Jésus-Christ, je me suis consacrée tout
entière à son service. — Ayez, mon enfant, quelque égard pour votre jeunesse
et votre beauté ; renoncez à votre religion ; sacrifiez à Diane, divinité de votre
sexe, et qui vous accordera des dons
précieux. — Les divinités des gentils
sont des démons ; comment pouvez-vous
m'engager à leur offrir des sacrifices ?
— Quoi ! vous osez appeler nos dieux
des démons! il faut à l'instant, ou leur

sacrifier, ou expirer dans les tourments.
—Non-seulement, reprend la sainte,
je suis prête à souffrir tous les tourments pour Jésus-Christ, mais je brûle
d'impatience de mourir pour lui. » Dans
un transport de rage, Dacien fait préparer un lit de cuivre; on attache dessus avec des chaînes de fer l'innocente
victime. Dessous on allume un grand
feu, où l'on jette de l'huile et d'autres
matières inflammables. Frappés d'horreur et de pitié, les spectateurs s'écrient :
Comment peut-on tourmenter de la
sorte une jeune innocente, uniquement
parce qu'elle veut adorer son Dieu?
Arrêtés aussitôt, on leur commande de
sacrifier; sur leur refus, ils sont mis à
mort. Sainte Foi est avec eux décapitée.

VERS L'AN **303.**

SAINTE THEODORE.

Native d'Alexandrie, la jeune Théodore porte, depuis long-temps, les fers pour la foi de Jésus-Christ. Le juge, nommé Proculus, la fait comparaître; voici l'entretien qui s'ouvre entre l'oracle du démon et la généreuse athlète : De quelle condition êtes-vous? — Je suis chrétienne. — Je vous demande si vous êtes libre ou esclave ? — Je vous l'ai déjà dit, je suis chrétienne; Jésus-Christ est venu me délivrer. Selon le siècle, je suis d'une famille libre. — Pourquoi donc n'avez-vous pas voulu être mariée ? — C'est pour être plus unie à Jésus-Christ, qui, en se faisant homme, nous a délivrés de la corruption, et nous a promis la vie éternelle. — Les empereurs ont ordonné que les vierges sacrifient aux dieux, ou qu'elles soient exposées à la prostitution. — Dieu regarde la volonté, et la violence qu'on souffre malgré soi n'est pas un crime. Si vous voulez me couper la tête, la main ou le pied, ou mettre mon corps en pièces, ma volonté n'a pas de part à ces violences, il en est de même du genre de supplice dont vous me menacez. — Je vous donne trois jours pour prendre votre parti. — Ces trois jours sont déjà passés pour moi, faites ce que vous voudrez. Proculus, au terme de trois jours, la fait conduire dans un lieu de débauche ; cette jeune fille, en y entrant, lève les yeux au Ciel, et dit : « O Père de notre Seigneur Jésus-Christ ! secourez-moi, et me tirez d'ici,

vous qui avez secouru Pierre dans la
prison, et l'en avez fait sortir sans qu'il
eût souffert aucun mal, conservez-moi
pure de cœur et de corps, afin que tous
voient que je suis votre servante. » Le
peuple autour de la maison observe qui
entrera le premier. Didyme, que Dieu
suscite pour la délivrer, entre revêtu
d'un habit militaire, Théodore est ef-
frayée. Ne craignez point, dit son libérateur, je suis votre frère; prenez mes
vêtements, je me couvrirai des vôtres;
vous sortirez d'ici sous cet habit étranger, et moi je resterai. Théodore y con-
sent, et sort sans être reconnue. Le juge, averti, se fait amener Didyme, et lui
demande qui l'a autorisé d'en agir ainsi.
— C'est Dieu qui me l'a commandé,
répond le chrétien généreux. — Où est
Théodore? — Je n'en sais rien; ce que
je sais, c'est que cette fille étant une

servante du Seigneur, et ayant confessé le nom de Jésus-Christ avec fidélité, ce même Jésus l'a conservée pure. Le juge envoie Didyme à la mort. Saint Ambroise ajoute, sur les témoignages qu'il a reçus, que cette fille courageuse ayant appris la condamnation de son défenseur, courut au lieu du supplice, pour lui disputer la palme du martyre. « J'ai consenti, lui dit-elle, que vous m'ayez sauvé l'honneur, mais non pas la vie; j'ai fui l'infamie et non la mort. Si vous m'aviez privée du martyre, vous m'auriez trompée. » Tous deux sont immolés en haine du christianisme.

AN 304.

SAINTE EULALIE.

D'une illustre maison de Mérida en Espagne, Eulalie, dès son berceau, méprise les jeux, les ornements et les plaisirs ordinaires de l'enfance. Parvenue à peine à sa douzième année, elle entend publier les ordres des empereurs Dioclétien et Maximien pour forcer les chrétiens à sacrifier aux idoles; à cette nouvelle, consumée de zèle pour la gloire de Dieu, ne souhaitant rien autant que de donner sa vie pour Jésus-Christ, avec quelle peine ne souscrit-elle pas aux ordres de sa mère, qui la retient cachée dans une maison de campagne éloignée de la ville! Bientôt en-

nuyée d'un repos qui lui paraît indigne
d'une âme chrétienne, la petite et céleste créature s'enfuit la nuit de la maison, traverse les champs pour ne pas
être arrêtée dans sa course, arrive à
Mérida avant le lever du soleil, et dès le
matin se présente hardiment au tribunal
du gouverneur. Elle lui reproche la fureur qui le pousse à faire périr les âmes,
en les obligeant de renoncer au seul et
véritable Dieu. « Si vous cherchez des
chrétiens, lui dit-elle, me voici; ennemie de vos sacrifices impies, je déteste
vos idoles, et je confesse un seul Dieu,
de cœur et de bouche. Vos divinités et
vos empereurs mêmes ne sont rien, parce que dans les unes je ne trouve que
les ouvrages des hommes, et que les
autres les adorent. Cependant, que les
maîtres du monde s'abaissent au-dessous des pierres, et leur consacrent leur

vie, s'ils veulent, nous ne les empê-
chons pas ; mais pourquoi tourmenter
ceux qui ont des sentiments plus no-
bles ? Ces excellents juges se repais-
sent d'un sang innocent, déchirent
les entrailles des saints, mettent
leur plaisir à faire abandonner la
foi ; ainsi, bourreaux, vous pouvez
exercer votre fureur sur les membres
du corps ; coupez-les, déchirez-les ;
mais vous ne pouvez rien gagner sur
mon âme. »

Irrité de ce discours, le juge infidèle
lui fait voir les supplices horribles qui
lui sont préparés : l'épée, les dents des
bêtes et le feu, si elle persiste dans sa
religion. Il ajoute : « Quelle difficulté
de faire ce qui est nécessaire pour éviter
ces malheurs ? Vous en serez exempte si
vous touchez seulement du bout des
doigts un peu de sel et d'encens. » Cette

douceur hypocrite fait sur Eulalie une impression étrange ; n'écoutant que son zèle, elle renverse l'idole et foule aux pieds ce qu'on vient d'apprêter pour le sacrifice. A l'instant, deux bourreaux lui déchirent les chairs avec des ongles de fer, et l'intrépide athlète ne fait que compter les coups, en disant que c'est une écriture qui grave sur elle les victoires de Jésus-Christ. Ensuite on lui brûle le sein et les flancs avec des flambeaux. A la place de pleurs, de cris, de gémissements, il ne sort de la bouche de la victime expirante que des actions de grâces ; le feu prend à ses cheveux épars, monte à la tête ; les flammes l'étouffent, et la céleste Jérusalem compte une bienheureuse de plus. Mais le martyre de l'admirable adolescente est accompagné de prodiges qui jettent l'épouvante dans l'âme des bourreaux, et ils permettent aux chrétiens d'ensevelir le corps de leur jeune héroïne. O Eulalie ! sur le lit des tortures, quel moment ! mais bientôt entrer dans la gloire, quelle éternité !

—

L'AN 304 ou 305.

SAINTE AGNÈS.

La rare beauté d'Agnès, à peine parvenue à sa treizième année, comptait de vains adorateurs ; plusieurs jeunes gens d'un rang distingué demandent et son cœur et sa main, mais déjà elle s'était consacrée sans partage à Jésus-Christ, et rejette les propositions de mariage qui lui sont adressées. Furieux de son refus, plusieurs de ses indignes amants la font arrêter comme chrétienne ; elle comparaît devant le juge inique qui tente tous les moyens possibles de la faire renoncer à la foi ; la sainte enfant méprise également et ses caresses et ses menaces. Ses membres délicats sont chargés de chaînes de fer ; mais elle déclare qu'elle est prête à endurer toutes sortes de supplices, le feu même dont on la menace, dans la confiance que Jésus-Christ, son époux, lui donnera la force d'en surmonter la rigueur. Traînée aux autels des faux dieux, elle y confesse hautement le nom de Jésus-Christ ; on ne peut lui faire remuer la main, que pour imprimer sur elle le signe de la croix. Le juge impie se persuade qu'elle sera plus sensible à la perte de sa chasteté qu'à tous les supplices ; il lui déclare que si elle n'adore Minerve, il va la faire conduire dans un lieu infâme. Agnès répond avec calme : « Jésus-Christ est le gardien de ma chasteté, et il ne souffrira pas qu'on profane un corps qui lui est consacré. » L'abominable persécuteur fait traîner aussitôt sa victime dans le lieu de prostitution ; Dieu l'y protège si visiblement, qu'aucun des êtres dissolus réunis dans ce repaire n'ose, à l'exception d'un seul, s'approcher d'elle, ni même la regarder. Le plus déhonté, le plus impudent de la bande, veut arrêter les yeux sur elle ; il est puni sur-le-champ, et renversé par terre à demi-mort. Le juge, honteux de sa défaite, la condamne à avoir la tête coupée. Elle entend cet arrêt avec joie, se rend au lieu du supplice, y fait sa prière, et reçoit le coup qui lui assure la double

couronne, le laurier immortel de la
virginité et la palme glorieuse du martyre. O vierges chrétiennes, quel âge
ont vos illustres rivales ? Une Eulalie,
douze ans, et une Agnès treize. Vertu,
voilà tes plus beaux triomphes !

———

L'AN 305.

SAINTE POTAMIÈNE.

Originaire d'Alexandrie, capitale de
l'Egypte, Potamiène eut le bonheur de
choisir Jésus-Christ pour époux dès sa
plus tendre jeunesse, et lui consacra la
beauté parfaite qu'elle avait reçue de la
nature. Digne fille de la meilleure des
mères, elle trouva dans l'exemple,

comme dans les leçons de sainte Marcelle, le plan d'une excellente éducation. Elle apprit d'elle que toute la gloire d'une vierge chrétienne consiste dans la modestie; et l'élève profita si bien des instructions du Mentor vénéré, que sa vertu la rendit plus respectable aux yeux de ceux qui l'entouraient, que les compagnes de son âge ne l'étaient par leur rang et par leurs richesses. Mais l'affreux cri de l'impiété tonne sur la tête des fidèles; la mère et la fille sont dénoncées et amenées à Acylas, gouverneur d'Alexandrie ; frappé de la beauté de cette fille, le tyran met tout en usage, perfides artifices, promesses flatteuses, pour toucher son cœur, et pour la déterminer à renoncer à sa religion. Potamiène lui répond : « Rien ne pourrait me dédommager des avantages que j'attends de celui que j'ai choisi pour époux. » L'oracle du mensonge lui déclare alors que, si elle s'obstine à refuser d'adorer les dieux, il l'y contraindra par les plus terribles supplices. « Les supplices de l'enfer, reprend paisiblement la victime, sont plus terribles que les vôtres, et je les mériterais si j'adorais vos dieux. » Le monstre la menace de l'exposer à la brutalité des gladiateurs. « J'ai consacré mon corps à Jésus-Christ, dit la jeune sainte, rien ne pourra le lui enlever. » Eh bien ! s'écrie l'infidèle, nous verrons si vous soutiendrez la poix et l'huile bouillante. — Ordonnez ce tourment, si vous le voulez, réplique Potamiène, je ne vous demande qu'une grâce, c'est qu'on ne me dépouille pas de mes habits ; prolongez mes souffrances aussi long-temps que vous voudrez, pourvu que je conserve la modestie, qui m'est

5..

plus chère que la vie. » Le gouverneur ordonne qu'on la descende peu à peu dans la chaudière d'huile bouillante. Potamiène soutient durant trois heures cet horrible supplice, avec une patience inébranlable. D'infâmes libertins veulent insulter à sa pudeur, et le soldat Basilide se montre le défenseur de sa pureté; l'athlète expirante obtient pour son libérateur la grâce d'ouvrir les yeux à la foi. Marcelle et Basilide scellent de leur sang la divine croyance qui leur est commune avec Potamiène, et pour laquelle l'héroïne a déjà reçu la couronne.

VERS L'AN 305.

SAINTE MAURE.

Maure, épouse du vertueux Timothée, au bourg de Pérape en Thébaïde, finit à peine son troisième lustre ; les deux époux sont unis depuis trois semaines, et l'un d'eux, arrêté pour la foi, conduit devant Arien, gouverneur de la province, exposé par lui à de cruels tourments, demeure inébranlable. Le tyran fait appeler Maure, lui déclare que le seul moyen de sauver son mari, c'est de le porter à sacrifier aux dieux ; qu'il lui donnera une somme considérable, si elle fait ses efforts pour y réussir. Faible encore dans sa foi, la jeune personne promet tout, accourt à

Timothée et lui adresse les sollicitations les plus vives pour qu'il renonce au christianisme; l'intrépide confesseur, pour unique réponse, prie son père de lui mettre un mouchoir sur le visage, afin qu'il ne sente pas l'odeur de mort, qui sort des habits de sa femme. Celle-ci ne se rebute point, et continue ses poursuites et ses caresses, dans le désir d'abattre son courage; alors le valeureux martyr rend le change au démon, qui emploie pour le perdre le plus puissant instrument; il exhorte son épouse, égarée par son amour, de cesser ses coupables instances; il la conjure de se relever au plus tôt de sa chute par une confession solennelle du nom de Jésus-Christ. L'Esprit saint a répandu son onction sur les lèvres de l'Epoux; la foi mourante se rallume dans le cœur de sa plus tendre amie; elle reconnaît

sa faute, et assure son mari qu'elle est
résolue de l'imiter dans sa confession.
Alors de la bouche de l'époux qui vient
de se montrer son apôtre sort un con-
seil magnanime; Timothée lui repré-
sente que, pour réparer son infidélité,
elle doit aller faire connaître au juge
ses dispositions nouvelles; elle balance
à s'y résoudre, par la crainte des menaces d'un homme en fureur et de la
rigueur des tourments. Timothée la
rassure en l'excitant à mettre sa confiance
en Jésus-Christ, qui peut lui rendre toutes choses faciles; il adresse en même
temps une ardente prière au Seigneur,
pour qu'il daigne accorder à l'un et à
l'autre la force de vaincre les ennemis
de son nom, et de leur salut; la demande du juste a pénétré tout-à-coup
dans les Cieux; Maure n'est plus la
même; tout enflammée de l'Esprit saint,

elle vient hardiment devant Arien, lui reproche de l'avoir voulu perdre par ses offres, et l'assure qu'elle est prête à tout souffrir pour réparer sa faute. Surpris de ce changement, l'impie lui demande si elle aime véritablement mieux la mort que la vie; il lui offre la main d'un de ses premiers officiers; elle se moque de sa proposition, et déclare qu'elle ne veut plus avoir d'autre époux que Jésus-Christ, Fils du Dieu vivant. Transporté de fureur à cette réponse, l'adorateur des idoles lui fait arracher les cheveux. Maure se réjouit que Dieu lui donne un moyen d'expier les péchés qu'elle a commis en prenant un soin si frivole de cette chevelure dont on vient de la dé-pouiller. Plus furieux encore de cette constance, il lui fit couper les doigts. Maure en rend grâces à Dieu : « J'espère, dit-elle, expier par là le mauvais usage

que j'ai fait de mes doigts en m'en ser-
vant pour me parer. » L'impitoyable
ennemi des chrétiens la fait jeter ensuite
dans une chaudière d'eau bouillante,
elle en sort comme d'un bain d'eau tiède;
terrassé de ce miracle, le juge commande
qu'on la laisse aller; mais aussitôt il la
rappelle, et la menace de lui faire
mettre des charbons embrasés dans la
bouche : « J'en suis bien aise, répond
Maure; ils me purifieront entièrement
des fautes que j'ai commises par la
langue; vous me ferez plaisir de me
purifier de même tout mon corps. » On
lui applique un feu de soufre et de poix.
« Cela ne suffit pas, dit l'intrépide
athlète, pour voir quel est le pouvoir de
notre Dieu dans ses serviteurs, jetez-
moi dans une fournaise. » Le monstre
a épuisé tous les supplices, et la jeune
Maure, l'héroïne chrétienne est aussi

invincible que son époux ; ils sont tous deux crucifiés l'un après l'autre. Vierges chrétiennes, quel exemple! à quinze ans, la nouvelle épouse, pleine de fraîcheur, de grâces et d'espérances, frémit un instant de perdre un époux digne de son amour : alors elle oublie les droits sacrés que son divin Maître a sur elle, et cet égarement d'un instant, elle le répare par les plus terribles supplices! O vertu! voilà tes triomphes, jusque dans la saison des ris et des plaisirs.

—

L'AN 305.

SAINTE JULITTE.

Née dans la ville d'Icone, d'une des plus anciennes familles de la province,

Julitte est plus illustre encore par ses vertus et par son zèle pour la vraie religion. L'impie veut déjà foudroyer les chrétiens ; et déjà mère de Cyrique, âgé de trois ans, la fervente chrétienne, par une sage défiance de ses propres forces, se retire dans une solitude. Les persécuteurs découvrent sa retraite ; arrêtée tout-à-coup, elle prend son fils entre ses bras, et comparaît devant le juge Alexandre ; il lui demande son nom, sa condition, son pays. Elle lui répond : « Je suis chrétienne, jamais je ne sacrifierai aux idoles. » A toutes les questions, même réponse. L'infidèle, irrité, fait arracher son fils d'entre ses bras. Les bourreaux étendent la mère sur le chevalet, et la frappent cruellement à coup de nerfs de bœuf. Le petit Cyrique, séparé de celle qui fait son trésor, crie, pleure, s'efforce de retourner à elle. Touché de sa beauté, le juge le prend sur ses genoux, et veut le baiser; l'enfant lui repousse la tête avec ses petites mains, cherche à se dégager de celles du persécuteur, porte constamment les yeux sur sa mère, et ne cesse de répéter comme elle : Je suis chrétien. Dans sa démoniaque brutalité, Alexandre, impatient, prend le petit Cyrique par un pied et le jette du haut de son siége contre terre; la tête de l'innocente victime se brise sur le coin du marchepied; tous les environs sont arrosés de sang et couverts de sa cervelle. Les spectateurs ont horreur d'une telle inhumanité; Julitte seule, élevée par sa foi bien au-dessus des sentiments de la nature, demeure tranquille et s'écrie : « Je vous rends grâces, Seigneur, de ce que vous avez bien voulu que mon fils reçût avant moi la couronne immortelle. » Le vil assassin de son fils commande qu'on lui déchire les côtés avec des ongles de fer, et qu'on lui verse de la poix bouillante sur les pieds. Durant ces tortures, un crieur public répète : « Julitte, prends pitié de toi, et sacrifie aux dieux, de peur que tu ne meures malheureusement comme ton fils. » La sainte répond à haute voix : « Je ne sacrifie point à des statues sourdes et muettes ; mais j'adore Jésus-Christ, le Fils unique de Dieu, par qui le Père a tout créé, et je me hâte d'aller rejoindre mon fils dans le royaume céleste. » Vaincu par l'héroïque constance de sa victime, Alexandre ordonne qu'on lui coupe la tête et que son corps et celui de son fils soient jetés dans le lieu où l'on expose les corps des suppliciés : aussitôt les bourreaux lui mettent un baillon dans la bouche, et l'entraînent au lieu des exécutions. Elle y obtient un moment pour faire sa prière, s'agenouille, et dit : « Seigneur, qui avez appelé mon fils avant moi ; ô Jésus, qui, par une miséricorde toute gratuite, et pour la gloire de votre saint nom, avez bien voulu le délivrer des misères de cette vie, pour l'associer à la gloire de vos saints, daignez aussi jeter un regard favorable sur votre servante, et, malgré mon indignité, donnez-moi place parmi ces vierges sages destinées à vous aimer et à vous adorer à jamais. Que mon esprit bénisse éternellement Dieu, votre Père, le créateur, le conservateur de l'univers, avec le Saint-Esprit. Amen. » Julitte se réunit à son fils bien-aimé : le Ciel possède deux nouveaux saints.

VERS L'AN 307.

SAINTE EUPHEMIE.

La ville de Chalcédoine est le théâtre du martyre de la jeune sainte : ses vertus éminentes déchaînent tout l'enfer contre elle, et les efforts des démons ne servent qu'à rendre sa foi plus triomphante et plus glorieuse. Consacrée toute jeune et sans réserve au service de Jésus-Christ, elle porte des habits d'une couleur sombre, pour montrer à tout le monde qu'elle ne prend point de part aux vaines jouissances de la terre. Les exercices de la piété, les rigueurs de la pénitence font ses délices. Enflammée d'amour pour son divin Maître, elle marche toujours en sa présence, ne s'occupe qu'à procurer sa gloire : chaque jour découvre les nouveaux progrès de la jeune Euphémie dans l'humilité, la mortification, la ferveur, le zèle, la charité pour le prochain. Sa conversation continuelle est dans le Ciel; tout ce qui n'est pas pour Dieu lui semble méprisable : elle ne prend plaisir qu'à songer à lui, elle ne soupire qu'après le moment de lui être unie pour jamais. Son adorable époux va couronner ses vœux ardents : arrêtée pour la foi, cruellement tourmentée par les ordres d'un juge inhumain, pendant qu'un des satellites du tyran tient la tête de la victime, un autre, à coups de marteau, lui brise toutes les dents et arrose de son sang sa délicate figure, ses cheveux et tous ses habits. Après quelle a subi plusieurs autres tortures, on la jette dans un cachot, dont elle ne sort que pour être brûlée vive ; mais le bûcher est son char de triomphe : à sa vue, elle est pleine d'allégresse, et s'y élance. La joie et le bonheur sont exprimés dans tous ses traits ; la colombe s'envole dans le sein de l'Epoux.

VERS L'AN 308.

SAINTE THÉODOSIE.

Née dans la ville de Tyr, élevée dans la foi chrétienne, et, depuis son berceau, consacrée tout entière à Jésus-Christ, Théodosie n'a pas encore atteint sa dix-huitième année, lorsqu'elle se trouve dans Césarée témoin des cruautés inouïes exercées sur les serviteurs de

Dieu. A ce spectacle, enflammée de zèle et d'ardeur, elle approche des confesseurs qui, enchaînés dans la cour du gouverneur impie, n'attendent que le moment d'être interrogés ; la jeune vierge les conjure de se souvenir d'elle quand ils seront au ciel, et les exhorte à soutenir les combats pour la foi avec courage et persévérance; cet éloquent discours est un crime; on arrête le généreux orateur. Théodosie comparaît devant le juge sacrilége ; depuis trois ans et demi le monstre n'a cessé d'imaginer des traits de barbarie inconnus jusqu'à lui pour extirper le christianisme de ses domaines. Déchiré dans son âme scélérate de voir que le sang des martyrs est une semence féconde de nouveaux chrétiens, il ne met plus de bornes à sa rage; la figure céleste de la nouvelle captive, son maintien magnanime, son air intrépide, lui semblent une insulte à sa puissance. Par son ordre, tout le corps de la sainte est mis à la torture; sa poitrine est déchirée avec des crochets et des pinces, ses côtés sont ouverts, ses seins coupés avec une atroce barbarie; mais ces horribles souffrances ne sauraient tirer une plainte de la bouche de Théodosie, ni un léger soupir de son cœur. Une gaieté céleste est répandue sur son visage, elle dit au persécuteur, et du ton d'une douceur angélique : « Par votre cruauté, vous me procurez le plus grand bonheur; je m'attristais de le voir différé; je me réjouis d'apercevoir la couronne, de toucher au moment de l'atteindre; pour cette faveur insigne, je rends à Dieu mille actions de grâces. » La victime respire encore, et le gouverneur démoniaque, las des actes de son épouvan-

6

table inhumanité, fait jeter Théodosie dans la mer ; elle s'élance dans le ciel, et son affreux tyran paie bientôt après de sa tête la série de tous ses forfaits. Dieu des chrétiens, qui s'arme encore ici pour ta querelle ? Un guerrier qui n'a pas vu la fin de son quatrième lustre.

—

VERS L'AN 320.

SAINTE GORGONIE.

Nous n'avons plus à présenter à notre famille adoptive des modèles décorés de la brillante palme du martyre : mais n'en est-il pas de deux sortes ? l'une toute sanglante, et qui rappelle

les glorieux triomphes de la foi ; l'autre
qui se compose de sacrifices continuels,
de l'immolation héroïque de toutes les
passions au joug de l'Evangile, et qui
retrace le pouvoir et les saintes victoires
de la religion. Tel fut celui de Gorgonie, fille de saint Grégoire et de sainte
None ; élevée dans la piété par des parents aussi éclairés que pleins de religion, belle, spirituelle, instruite, par-
lant bien, montrant autant de discerne-
ment que de pénétration, elle se servit
de ces qualités extérieures, comme
d'autant d'occasions pour pratiquer la
vertu : l'exemple des jeunes personnes
jalouses des parures propres à relever
leur beauté, ne la porta point à prendre aucun soin de la sienne ; Gorgonie
ne voulut d'autre ornement que ceux
de l'âme ; elle aurait cru déshonorer
l'image de Dieu, en frisant ses che-

veux, en les mettant en boucles, en se couvrant d'habits flottants et magnifiques, de diamants, de pierres précieuses. Loin de fréquenter les lieux propres à se faire voir, elle se dérobait soigneusement à la vue des hommes. Son génie vif et délicat ne paraissait qu'autant qu'elle y était forcée par ceux qui recouraient à ses lumières, à ses conseils. Ses avis étaient accompagnés d'une grande circonspection ; quoiqu'elle possédât l'histoire ancienne et moderne, jamais elle n'affectait d'en parler. L'oreille fermée à tout discours vain et inutile, mais attentive aux seuls entretiens édifiants, veillant sans cesse sur ses regards, se considérant sur la terre comme une étrangère dont la patrie était la Jérusalem céleste, la jeune vierge y portait tous ses vœux, elle ne cherchait qu'à plaire aux habitants de cette ville sainte, les élus dont Jésus-Christ est le chef. Persuadée que nous ne sommes au monde que pour nous rendre dignes d'être un jour avec eux ; que nous ne pouvons parvenir à ce bonheur que par l'accomplissement de sa divine volonté, elle en faisait l'objet de ses désirs continuels. Qui ne s'étonnera que l'aimable et pieuse Gorgonie ne fût encore que catéchumène , lorsqu'elle vivait aussi chrétiennement? La crainte de ternir en rien la pureté de sa robe baptismale lui fit différer de recevoir le sacrement; enfin, après avoir été enrichie de la grâce de la régénération, elle soupirait continuellement après l'heureux moment qui la détacherait entièrement de ce monde, pour la placer avec Jésus-Christ. Uniquement occupée à son éternité, se disposant à la mort comme à un jour de fête, elle prononçait ces paroles du Prophète : « Je dormirai et je me reposerai en paix ; » lorsque la bienheureuse fille expira paisiblement dans les bras de sa bienheureuse mère. O None ! ô Gorgonie ! vous me retracez à la fois et le modèle des mères, et le modèle des enfants.

—

VERS L'AN 380.

SAINTE MACRINE.

Fille de saint Basile et de sainte Emélie , l'aînée de dix enfants qui vécurent tous dans une éminente sainteté , elle fut élevée avec beaucoup de soins. Emélie ne souffrit point que sa fille commen-

çât son instruction par la lecture des
poètes profanes ; elle lui faisait apprendre les parties de l'Ecriture Sainte les
plus proportionnées à son âge, princi-
lement les livres de Salomon et les
Psaumes. Ceux-ci surtout lui devinrent
si familiers, qu'elle les chantait en toute
occasion, en s'appliquant à son travail,
en se reposant, en se mettant à table et
en sortant; se couchant et se levant
pour prier, elle chantait, et chantait
toujours les cantiques du Seigneur. Sa
mère l'appliqua au travail des mains,
et la jeune Macrine y réussit aussi bien
que dans les exercices de l'esprit; elle
excellait surtout dans les ouvrages en
laine, occupation ordinaire des femmes;
mais elle n'en faisait ni pour la vanité,
ni pour la parure. Dans un âge où les
jeunes personnes sont si passionnées
pour les ajustements, elle ne voulait

rien de simple et d'un prix commun. Dès l'âge de douze ans, sa beauté était si parfaite, que les peintres les plus habiles ne pouvaient en saisir les traits. La noblesse de sa famille et ses grands biens la firent rechercher par les jeunes gens les plus fortunés de la province. Le père de Macrine en choisit un ; mais le Seigneur l'appela vers lui, avant l'accomplissement du mariage. « Celui que vous m'aviez destiné, mon père, dit-elle alors à Basile, n'en sera pas moins mon époux : sa mort n'est qu'un voyage, je le verrai après la résurrection. » Le religieux père ne s'opposa point à cette résolution ; sa fille refusa tous les partis qui se présentaient, demeura attachée à sa mère, lui rendait toutes sortes de services, lui faisait son pain et la nourrissait du travail de ses mains, afin qu'elle eût davantage à donner aux

pauvres. Frappée d'une maladie mortelle, le modèle des héroïnes et de la
piété filiale, Macrine fut visitée par son
frère saint Grégoire, évêque de Nysse.
Elle n'avait pour lit qu'une planche,
et pour chevet une autre planche échan-
crée, de manière que le cou y entrait.
Jamais, raconte le vertueux pontife, sa
foi et son courage ne parurent davantage que dans ces tristes moments où
elle nous fit ses adieux. « Consolez-
vous, mon cher frère, me disait-elle en
me voyant pleurer ; ces larmes convien-
nent peu à votre dignité ; souvenez-vous
qu'en recevant le caractère d'évêque,
vous avez dû vous dépouiller de ces
faiblesses, pardonnables aux autres
hommes. Le seul amour de l'Eglise et
de votre troupeau doit remplir votre
cœur. N'est-il pas temps, d'ailleurs,
que mon sacrifice s'achève ? Si vous

m'aimez véritablement, réjouissez-vous
de me voir si près de l'heureuse éternité. » Le soir, elle se sentit beaucoup
plus faible, cessant de parler alors à
son frère, elle pria, mais d'une voix si
basse, qu'à peine pouvait-on l'entendre.
Elle joignait les mains, et faisait le signe
de la croix sur ses yeux, sur sa bouche
et sur son cœur. Lorsqu'on eut apporté
de la lumière, on reconnut, aux mou-
vements de ses lèvres, qu'elle s'acquit-
tait, autant qu'elle le pouvait, de la
prière du soir, dont elle marqua la fin
par un signe de la croix qu'elle fit sur
son visage; aussitôt, par un long soupir, cette fille vertueuse se reposa
pour jamais dans le sein de l'Epoux
céleste !

AU CINQUIÈME SIÈCLE.

SAINTE JULIE.

Le cruel Genséric, roi des Vandales,
veut infecter de l'Arianisme toute l'Afrique : il chasse les évêques de leurs
Eglises et fait plusieurs martyrs ; les
filles et les femmes de qualité sont ven-
dues à des marchands, afin d'humilier
la noblesse et de répandre une désola-
tion générale. Parmi ces illustres capti-
ves, la jeune Julie fut vendue à un
marchand païen. Elle endura son escla-
vage avec une rare patience, servit son
maître avec autant de zèle que de fidélité ; elle s'abaissait aux fonctions les
plus viles avec une facilité qui montrait
la liberté de son esprit et la paix inté-

rieure de son âme. Ce maître idolâtre
aimait son esclave autant que ses propres richesses, et la laissait s'acquitter
des devoirs du christianisme. Persuadée
qu'on doit faire tout dans l'ordre, et
qu'une piété qui n'y est pas conforme
n'est pas une piété solide, la vertueuse
servante ne substituait pas l'oraison ou
les livres de piété à son service. Ses
devoirs d'état furent à ses yeux les plus
essentiels; aussitôt qu'ils étaient remplis,
elle se livrait à la prière et à de saintes
lectures. Dans sa ferveur, elle deman-
dait souvent à Dieu qu'il lui accordât de
donner sa vie pour son nom. Le marchand, faisant transporter des marchan-
dises dans les Gaules, s'embarque avec
son esclave, aborde au cap de Corse,
et s'y arrête pour une fête que les habitants de l'île célébraient à la gloire de
leurs fausses divinités. Julie, n'y pre-

nant point de part, et citée devant le
gouverneur de l'île, comme ennemie
des dieux du pays. « Sacrifie aux dieux,
lui dit le juge inique, je te le commande; et si tu m'obéis, je te rachèterai et
te donnerai la liberté. — Je suis libre,
répond Julie, et on l'est toujours quand
on sert fidèlement le Seigneur Jésus, à
qui j'appartiens; ne me vantez point
vos superstitions; loin de les respecter,
je les déteste. » Irrité de ces paroles,
l'infidèle ordonne qu'on la frappe rude-
ment sur les joues; et pendant qu'on
exécute ses ordres, Julie dit : « Si mon
Sauveur a bien voulu qu'on lui donnât
des soufflets, le traitement que vous
me faites m'est honorable. » Le barbare
ordonne qu'on lui arrache les cheveux
avec violence, qu'on l'accable de coups,
et puis qu'elle soit pendue. L'innocente
et courageuse victime reçut la dou-

ble palme de la virginité et du martyre.

—

SAINTE WINÉFRIDE.

La jeune vierge , nommée par les
anciens auteurs , la belle Winéfride,
Candida Winefrida , était fille de Thévith , homme riche et de la première
noblesse du pays de Galles. Ses vertueux parents désiraient avec la plus
vive ardeur de l'élever dans la crainte
de Dieu, et de conserver son âme pure
de la corruption du siècle. Le célèbre
saint Bruno, que l'on dit être le frère
de sa mère, avait fondé plusieurs mo-

nastères, et vivait dans la contrée qu'habitait sa fervente famille. Son beau-frère, ravi de posséder un si saint personnage, lui donna un terrain libre de tout tribut, pour y bâtir une église, et le pria d'élever sa fille dans les principes de la piété chrétienne; tandis que l'éloquent missionnaire instruisait le peuple, sa petite-nièce, placée à ses pieds, prêtait à ses discours une oreille attentive; son cœur tendre fut bientôt imbu de la doctrine céleste; il recueillait, avec une inexprimable avidité, les grandes vérités qui découlaient des lèvres du ministre sacré, et que Dieu révélait ainsi à sa jeune servante par la bouche de son apôtre. Que de progrès rapides l'élève généreuse fit à l'école de Jésus-Christ! l'amour du souverain bien éclata et s'accrut chaque jour dans Winéfride : toutes ses affections se por-

7.

tèrent vers le ciel; le monde, avec ses pompes et ses honneurs, ne fut rien pour elle : cette créature tout angélique ne respirait que le bonheur de se consacrer à Dieu sans partage. Les fêtes nuptiales de la terre furent envisagées par elle avec un religieux mépris; son cœur, brûlé d'un innocent amour, avait bien mieux choisi : c'était Jésus-Christ, et Jésus-Christ tout seul, qu'elle voulait pour époux. Les beaux sentiments que manifestait l'enfant de bénédiction firent couler, des yeux de ses parents, des larmes de joie et de reconnaissance ; elles s'élevèrent en odeur de suavité au trône du divin Agneau, l'auteur des dons précieux accordés à la jeune chrétienne. Elle se livra aux charmes du désert, aux délices de la prière, avec plusieurs compagnes de son âge, dans une petite retraite, bâtie par les soins du vénérable Thévith, et près du lieu nommé, dans la suite, le Puits-Saint, ou *Holy Well*. Après la mort de saint Bruno et celle de l'abesse Théonia, Winéfride, en qui la sagesse des élus avait embelli le berceau de ses ans, fut chargée d'animer par ses conseils, de diriger par ses vertus, un chœur nombreux de vierges accoutumées à l'admirer comme un modèle, et à lui obéir, je dirais volontiers comme ses filles, plutôt qu'en qualité de ses sœurs. Mais le démon vit avec fureur ce paradis terrestre, et voulut, ou le détruire, ou en bannir l'aimable paix, le ravissant repos. Caradoc, fils d'Alain, roi du pays de Galles, était épris de la beauté de Winéfride; il eût voulu qu'elle acceptât et son cœur et sa main; désespérant de la séduire, et n'écoutant plus que la rage d'une passion justement méprisée, le barbare poursuit sa victime, l'atteint et lui coupe la tête. Le Ciel punit à l'instant même le détestable forfait : la terre s'entrouvre sous les pieds de Caradoc, et engloutit le prince homicide : de l'endroit où tomba la tête de la vierge, jaillit une fontaine miraculeuse que l'on voit encore aujourd'hui. Là, depuis le martyre de la Sainte, se sont opérés et s'opèrent encore de nos jours des prodiges dont nos frères séparés, toujours si chers à notre cœur, dont les protestants eux-mêmes attestent l'authenticité. Plusieurs de ces bien-aimés aveugles ont dû à Winéfride le bonheur de leur entrée dans le sein de l'Eglise, la seule épouse de Jésus-Christ.

O Winéfride, illustre vierge, la gloire et l'honneur immortel de cette Angleterre, ma patrie adoptive, vous

dont j'ai vu, pendant plus de vingt ans
de séjour sur cette terre hospitalière,
le nom célébré, béni, répété partout
avec acclamation; qu'il soit permis au
pauvre étranger d'unir sa voix et ses
louanges à celles de tous ceux qui vous
ont connue. Prosterné devant cette
source bienfaisante, dont les eaux,
comme imprégnées de l'odeur de vos
vertus, ont guéri tant de malades, j'ose
vous intercéder pour la jeunesse chérie
que je conduis. O aimable sainte! ô
puissante avocate de ceux qui vous in-
voquent! obtenez aux jeunes âmes que
je cultive, non de se désaltérer à ce
Puits-Saint, révéré depuis tant de siè-
cles, mais de boire à longs traits les
aeux délicieuses de la grâce : que cette
grâce divine parle éloquemment à tous
les âges de la vie! elle le peut faire plus
éloquemment encore à une vierge parée

des fleurs de la première saison, et plus riche des parfums de son innocence. Telle parut autrefois Winéfride au peuple de Galles, comme un astre bienfaisant, comme un soleil prêt à répandre de tous côtés le beau feu du divin amour ; telles puissent paraître à la société ces vierges chrétiennes à qui je présente ce modèle entre tous les saints !

VERS L'AN 850.

SAINTE MAURE.

Fille de Marien et de Sédulie, Maure naquit à Troyes en Champagne, vers l'an 727, d'une des familles les plus considérables du pays. Nourrie dans l'abondance, élevée dans la délicatesse, elle fut assez heureuse pour comprendre de bien bonne heure le peu de solidité des plaisirs et des vanités du siècle ; résolue de renoncer à tout pour suivre la voie qui l'appelait à la retraite et à la pénitence, elle fit bientôt connaître à ses parents les dispositions de son cœur : ils voulaient l'établir ; elle leur déclara qu'elle n'aurait jamais d'autre époux que Jésus-Christ. Privée

7..

de l'auteur de ses jours, elle demeura auprès de Sédulie, pour laquelle elle conserva toujours un grand respect et une docilité parfaite. Tout le temps de la jeune vierge était consacré à la prière, à des œuvres de charité, et au travail des mains. Elle entretenait à ses dépens l'huile des lampes et la cire pour le luminaire. De même elle fournissait ce qui était nécessaire pour la décoration des églises, et pour l'habillement des ministres, et souvent elle y travaillait de ses propres mains. Chaque jour elle passait dans l'église la plus grande partie de la matinée, y adorait Jésus-Christ avec un cœur pénétré de vénération, méditait plusieurs circonstances de sa vie, afin de s'exciter à l'aimer et à l'adorer avec humilité. On voyait dans l'église où elle allait faire ses prières, trois tableaux, dont l'un représentait Jésus-Christ entre les bras de Marie, le second, Jésus-Christ attaché sur la croix ; et le troisième, Jésus-Christ revêtu de sa majesté et assis sur son trône, pour juger les vivants et les morts. Ces trois états du Sauveur des hommes la touchaient vivement et faisaient l'objet de ses méditations. La jeune et fervente Maure avait une autre dévotion réglée que nous offrons comme sujet d'admiration pour son courage, mais que nous nous gardons bien de proposer indifféremment comme objet d'imitation. Les voies de plusieurs saints sont extraordinaires et leurs œuvres bien propres alors surtout à nous couvrir de confusion ; elle allait le mercredi et le vendredi de chaque semaine, pieds nus et à jeun, au monastère de Martenai, à deux petites lieues de Troyes, où elle demeurait. Ces jours-là, elle jeûnait

au pain et à l'eau, et priait long-temps.
Quel court espace du berceau de la
tendre épouse du Roi des vierges à son
dernier moment ! elle n'avait point atteint son cinquième lustre, et déjà sa
couronne était placée sur sa tête ! sa fin
précieuse fut accompagnée de circonstances qui achevèrent de confirmer
l'opinion répandue sur sa sainteté. Pendant que le mal accablait son corps,
nous lui vîmes un jour, dit saint Prudence, lever la tête de dessus son lit
avec beaucoup de difficulté; ensuite
elle la pencha de quatre côtés différents
comme pour saluer quelqu'un. L'abbé
Léon, qui était présent, lui demanda
pourquoi elle faisait cette espèce de sa-
lutation, et elle lui dit : « Je vois aux
coins de mon lit saint Pierre, saint
Paul, saint Gervais et saint Protais,
que j'ai toujours honorés d'une manière

particulière pendant ma vie. Ils chassent aujourd'hui loin de moi les démons qui voudraient ravir mon âme. » Ensuite, se tournant du côté de saint Prudence, elle lui demanda le sacrement de l'Extrême-Onction et celui de l'Eucharistie ; peu de temps après, la jeune vierge récita à voix intelligible l'oraison dominicale, et après avoir dit ces paroles : *Que votre règne arrive*, elle mourut dans la paix du Seigneur, le 2 septembre, vers l'an 850, âgée de 23 ans.

—

L'an 851.

SAINTE FLORE.

Née auprès de la ville de Cordoue, privée de son père, mahométan, dès le berceau, Flore est élevée par sa mère dans l'amour et dans la pratique de la vraie religion. Dieu parle encore plus efficacement que les hommes au cœur de sa servante. Elle estime la vertu le seul bien solide et digne de ses désirs. Dès sa tendre enfance, elle se montre chétienne charitable, et donne secrètement aux pauvres ce qu'elle a reçu pour son dîner. Sa mère arrête, avec peine, ces pieux excès de zèle et d'amour pour les pauvres. A mesure qu'elle avance en âge, elle apprécie mieux l'inestimable don de la foi, remercie Dieu jour et nuit de ce qu'il lui a manifesté ce qu'il a caché à tant d'autres, et reconnaît dans cette grâce insigne la miséricorde du Seigneur : elle ne peut se lasser de louer sa bonté. Pour se fortifier dans l'exercice des vertus, Flore se trouve de temps en temps aux assemblées des fidèles, mais n'ose y venir aussi souvent qu'elle le désire, parce que son frère, de la secte du faux prophète Mahomet, observe toutes ses démarches. Bientôt sa foi plus vive lui montre la nécessité de ne pas rougir de Jésus-Christ. Retirée chez de saintes religieuses, elle apprend que ce frère inhumain, ignorant sa retraite, a suscité la persécution contre les chrétiens ; elle ne veut pas que l'Eglise souffre pour elle, s'offre au Seigneur en holocauste pour ses

frères, et, paraissant tout-à-coup aux
yeux du barbare qui a étouffé la voix
de la nature : « Me voilà, lui dit-elle,
puisque vous me cherchez, je suis
chrétienne et prête à tout souffrir
pour Jésus-Christ. » Le fanatique esclave de Mahomet emploie tour à tour
les caresses, les menaces et les coups,
pour abattre sa sœur; ses efforts sont
impuissants, et la conduisant devant le
cadi, il dit au juge : « Ma jeune sœur
que voici observait comme moi notre
religion, mais les chrétiens l'ont sédui-
te. » Le cadi demande à Flore si l'accu-
sation est fondée. « Oui, répond-elle,
je suis chrétienne, je l'ai toujours été. »
Le juge, irrité, la fait saisir par les sol-
dats; on lui donne tant de coups de
fouet, même sur la tête, que le crâne
en est découvert. Remise ensuite entre
les mains de son frère, pour être imbue

des erreurs de sa secte, elle est confiée
à deux femmes artificieuses et chargées
de la pervertir. Flore s'échappe pendant
la nuit, franchit une haute muraille,
monte sur une maison voisine, gagne
la rue, et, dans l'obscurité, se retire
chez une fervente chrétienne; de là,
quittant Cordoue, elle arrive à Ossaria;
mais ensuite, rougissant de sa fuite,
s'accusant de lâcheté, croyant que Dieu
demande d'elle une profession solennelle de sa croyance, elle revient à
Cordoue, se présente au cadi, et lui
dit avec une aimable et céleste candeur :
« Je suis celle que vous avez fait autrefois déchirer de coups, parce qu'étant
de race musulmane, j'ai embrassé la
religion chrétienne. J'ai eu la faiblesse
de me cacher jusqu'à présent; mais aujourd'hui, me confiant en la puissance
de mon Dieu, je vous déclare que je

reconnais Jésus-Christ pour Dieu, et que je déteste votre faux prophète. » Flore paie de sa tête cette noble confession.

—

L'AN 852.

SAINTE NATALIE.

Aurèle, né à Cordoue, d'une famille noble et riche, était fils d'un père mahométan et d'une mère chrétienne. Parvenu à l'âge de s'établir, ses parents, le pressant vivement de prendre ce parti, le bon jeune homme demande à Dieu, par de ferventes prières, qu'il daigne éclairer son choix et lui procurer une épouse chrétienne, avec laquelle il puisse

observer constamment sa loi sainte. Ses
vœux sont exaucés ; la jeune Natalie
mérite et reçoit son cœur et sa main ;
les deux époux vivent ensemble dans
tous les exercices de la piété, mais les
observent en secret, n'osant d'abord se
déclarer publiquement. Un jour qu'Aurèle s'est trouvé témoin des souffrances
et des opprobres qu'un chrétien soutint
pour sa foi, il retourne vers son épouse, et lui dit : « Il y a long-temps, Natalie, que vous m'exhortez à mépriser
le monde, je crois que l'heure est venue
d'aspirer à une plus grande perfection ;
vivons désormais comme frère et sœur,
appliquons-nous à la prière, et prépa-
rons-nous au martyre par la pureté et
par le détachement de toutes les créatures. » La fervente épouse reçoit cette
proposition comme descendue du ciel.
La vie des deux amis devient un modèle

de vraie pénitence. Ils possèdent un lit magnifique, mais couchent séparément à terre, sur des cilices, jeûnent souvent, prient sans cesse, méditent pendant la nuit les Psaumes, et prennent un grand soin des pauvres. Cités l'un et l'autre devant le juge, celui-ci leur demande, d'un ton plein de douceur, pourquoi ils abandonnent leur religion et courent à la mort; il ajoutent de magnifiques promesses, s'ils consentent à renoncer au christianisme. « Vos promesses, répondent-ils à l'envi l'un de l'autre, sont vaines et ne nous touchent point. Nous méprisons cette vie passagère, parce que nous espérons en obtenir une meilleure. Nous n'avons qu'une foi, nous ne croyons qu'un baptême, nous adorons un seul Dieu en trois personnes, et nous avons toute autre religion en horreur. Les deux confesseurs sont aus-

sitôt jetés en prison, chargés de chaînes; cinq jours après ils comparaissent
de nouveau, renouvellent avec intrépi-
dité la profession solennelle de leur
croyance; et Natalie, à côté de son cher
Aurèle, a la gloire de verser son sang
pour Jésus-Christ.

—

L'AN 984.

SAINTE EDITHA.

Née l'an 961, fille naturelle du roi
Edgar, qui fit pénitence de son crime
durant sept ans, et de Wulfrida, Editha eut, dans les auteurs de ses jours,
des modèles d'un heureux retour au

Dieu de la miséricorde. Après la mort de son épouse, le prince voulut, en donnant son cœur et sa main à la mère d'Editha, réparer son honneur; mais elle préféra se retirer dans le monastère de Wilton, où bientôt éclatèrent les vertus de cette autre Madeleine; loin de la corruption du monde, elle éleva le fruit de son péché avec des soins si tendres, avec tant de zèle, pour que la jeune âme innocente ne perdît jamais le trésor de la sagesse, que ses efforts eurent un succès parfait. Sans cesse elle répétait à son Editha les maximes de la perfection chrétienne; sans cesse elle remettait sous ses yeux les plus illustres exemples de sainteté qu'offrent les annales de l'Eglise. Que l'heureuse élève montra de docilité! que ses progrès furent rapides dans le chemin du ciel! Très-jeune, elle fut jugée digne de se

consacrer à Dieu sans partage, malgré
les obstacles qu'y mit le roi son père : en
elle éclata la vie de Marthe, unie à celle
de Marie. Ses plus grandes délices
étaient, il est vrai, d'écouter en silence
la voix de son céleste époux ; mais souvent elle s'interdisait toute réflexion
pour servir son divin Maître dans la personne du prochain. Elle soignait les
malades, nourrissait les pauvres, pensait les lépreux, et préférait cet humble
et pénible ministère à celui d'élever les
enfants des rois. Son abstinence et ses
austérités furent étonnantes ; elle portait
toujours le cilice. Elle était animée d'une
tendre dévotion au beau nom de Jésus,
et faisait un usage continuel du signe
de la croix. Elle avait à peine atteint sa
quinzième année, que son auguste père
exigea d'elle qu'elle dirigeât par ses vertus de nombreux cœurs de vierges. Sa

direction était aussi parfaite que ses
vertus étaient simples, elle n'aspirait
qu'à obéir; elle le faisait avec tant de
respect à sa mère! A la mort du roi
Edgar, la noblesse voulait élever Editha
sur le trône; mais elle préféra constamment à une couronne mortelle le titre
modeste et pur d'épouse de Jésus-Christ.
On dut à sa ferveur l'érection de l'église
de Saint-Denis, à Wilton; l'archevêque
saint Dunstan en fit la dédicace, et,
pendant le saint sacrifice de la messe, il
répandit beaucoup de larmes : il convint
ensuite de la cause de ses pleurs abon-
dants; Dieu venait de lui révéler le
triomphe prochain de sa servante bien-
aimée. « Oui, dit l'oracle des volontés
du Très-Haut, en peu de temps Editha
sera conduite aux régions de la lumière, pendant que nous autres nous res-
terons dans les ténèbres et l'ombre de

la mort. Quarante-trois jours après, Editha s'endormit du sommeil délicieux des élus, le 16 septembre 984.

Aimable jeunesse, puis-je me rendre ce consolant témoignage que l'ouvrage de votre souverain bonheur est suffisamment préparé, et que désormais je n'ai plus rien à dire ! D'un côté nos héroïnes devenues vos généreuses rivales dans la route des vertus ; de l'autre les plus jeunes chrétiennes remportant sur la mort d'éclatants triomphes, et vous présentant leurs sublimes exemples, vous parleront à chaque moment, et d'un accent mille fois plus éloquent que ma faible voix ne pourrait l'être ; après elle, marchez d'un pas ferme et noble, tantôt interrogeant les unes, tantôt écoutant les autres. Celles-là vous diront : Compagnes bien-aimées de notre âge, vivez comme nous avons vécu. Celles-ci

8

répèteront : Ah! surtout, nos tendres amies, mourez comme nous, sinon sur les échafauds, sur la roue, sur les chevalets, ou dans la poix bouillante; du moins avec cette foi magnanime, avec cette inestimable espérance, avec ces sentiments d'amour qui vous rendront les immortelles martyres de la charité, ainsi que nous fûmes, en expirant, les témoins invincibles de la vérité du christianisme! Aimable jeunesse des deux sexes, ainsi l'honorable mission que, de concert avec mon cœur, la Providence m'a imposée de vous aplanir les voies du ciel, de vous y préparer des couronnes, est donc achevée? non pas encore: je me suis successivement adressé, d'abord aux jeunes gens qui se montrent jaloux d'acquérir une piété sincère, puis aux jeunes personnes animées également de ce zèle. Maintenant mon attachement qui vous unit constamment les uns aux autres s'adresse à tous à la fois; et peut-être n'aurai-je plus une si heureuse occasion de vous exprimer tout ce que je forme de vœux pour chacun d'entre vous. Qu'il me soit permis de vous en donner une preuve nouvelle, en recueillant dans le champ de la vertu, plusieurs faits qui, quoique isolés, n'en sont pas moins glorieux pour ces êtres si inté-ressants qui ne font qu'entrer dans la vie; agréez donc les dernières preuves de mon attachement par où je veux vous prouver que j'ai vécu, que je vis, que je mourrai votre meilleur ami.

L'ORPHELIN DE NEUF ANS.

Dans l'éloge des enfants vertueux, je ne saurais t'oublier, cher inconnu, qui sur la terre m'offris, il y a plus de trente ans, comme une fidèle image des délices du Paradis : dans les premiers temps de mon sacerdoce, au sein de ma patrie, que les troubles révolutionnaires n'avaient encore agitée, à l'extrémité d'un faubourg de Rennes, je passe à côté d'une étable d'où j'entends sortir des cris plaintifs ; j'entre, et, parcourant ce triste réduit, je m'approche et vois expirant sur une poignée de fougère un petit garçon couvert d'ulcères depuis la tête jusqu'aux pieds.

« O mon fils, lui dis-je aussitôt, que j'ai pitié de vous! que vous devez souffrir! ne pourrais-je point vous soulager?

— Monsieur, répondit-il d'une voix mourante, mais pleine d'une douceur angélique, pourquoi me plaignez-vous de souffrir, je ne suis point à plaindre, c'est pour Dieu que j'endure ces maux, et il a bien voulu mourir pour moi.

— Mais, mon petit ami, pourquoi donc gémissiez-vous tout-à-l'heure?

— Hélas! c'est que je me sens mourir et que je voudrais m'en aller le bon Dieu dans mon cœur. »

J'interroge l'intéressant malade: il sait les prières des fidèles, il a souvent répété, il répète en ma présence, d'un accent pénétrant, ces paroles: «Notre Père, qui êtes dans les cieux. » Alors je cherche à

8.

descendre dans son âme, et, ravi de sa
belle innocence, je trouve un cœur
embrasé d'amour envers Dieu ; il me
regarde d'un œil plein de larmes et me
renouvelle la prière que je le fasse communier avant qu'il expire. Empressé de
seconder des vœux si tendres, j'obtiens
qu'il soit transporté hors de sa pauvre
chaumière ouverte à tous les vents : il
est placé dans un lieu plus sortable, et
une de ces âmes généreuses qui se consacrent à l'instruction des pauvres vient
à côté de mon jeune hôte lui répéter les
courtes instructions que nous sommes
ensemble convenus de lui faire. Bientôt l'enfant de bénédiction sent toute
la grandeur de l'action qui se prépa-
re : sa figure, jusque-là couverte de
la paleur de la mort, se colore, ses
yeux éteints reprennent vie ; il considère
avec transport et baise sans cesse un

crucifix, soupirant d'une manière sensible après l'objet sacré que la croix lui retrace. Sur sa petite bouche se recueillent des paroles de feu ; il a pleuré amèrement les fragilités de l'enfance ; il demande son Bien-Aimé, et, tout hors de lui-même, ce n'est plus une créature humaine, c'est une céleste intelligence. Les témoins de sa ferveur sont dans l'admiration ; enfin arrive le Saint-des Saints ; je le repose sur les lèvres de l'ange terrestre, ses yeux brillent d'allégresse, il veut parler et ne peut que sentir ; je le laisse quelque temps à ses transports, puis, me rapprochant de sa couche, je lui demande :

« Mon cher fils, qu'éprouvez-vous ?

— Oh ! monsieur, le Paradis !

oui, le Paradis avec toutes ses joies !
je me meurs de bonheur ! »

Puis il s'assoupit, et sa belle âme
s'envole aux Cieux.

FIN.

www.ingramcontent.com/pod-product-compliance
Lightning Source LLC
Chambersburg PA
CBHW070815250626
47170CB00006B/2117